(英)狄更斯◎著

圣诞颂歌

(澳)罗伯特·英潘◎图　周常◎译

Christmas Carol

PALAZZO

图书在版编目（CIP）数据

圣诞颂歌 /（英）狄更斯著；（澳）罗伯特·英潘图；周常译. -- 南京：江苏凤凰美术出版社，2018.6
ISBN 978-7-5580-4390-1

Ⅰ.①圣… Ⅱ.①狄… ②罗… ③周… Ⅲ.①长篇小说-英国-近代 Ⅳ.①I561.44

中国版本图书馆 CIP 数据核字（2018）第 081814 号

特约策划	王继雄
责任编辑	曹昌虹
封面设计	侯 泰
责任监印	唐 虎

书　　名	圣诞颂歌
著　　者	（英）狄更斯
出版发行	江苏凤凰美术出版社（南京市中央路165号　邮编：210009）
	北京凤凰千高原文化传播有限公司
出版社网址	http://www.jsmscbs.com.cn
印　　刷	廊坊报业印务有限公司
开　　本	710mm×1000mm 1/16
总 印 张	13.5
版　　次	2018年6月第1版　2018年6月第1次印刷
书　　号	ISBN 978-7-5580-4390-1
定　　价	68.00元

营销部电话　010-64215835-801
江苏凤凰美术出版社图书凡印装错误可向承印厂调换　电话：010-64215835-801

狄更斯和圣诞颂歌

狄更斯于 1812 年 2 月 7 日出生在英国的朴次茅斯。他是家中八个孩子中的老二。他 12 岁的时候，父亲给政府当会计时，因为一笔坏账而被关进了监狱。于是，12 岁的狄更斯就被送入了一个黑工厂劳动。当时环境非常恶劣，他目睹了很多贫穷人的艰辛生活——这些经历后来也成为狄更斯作品中的一些主要话题。

狄更斯在当记者的时候，开始了写作生涯。他当时给《纪事晨报》(Morning Chronicle) 供稿。他也以"Boz"为笔名，在各种期刊上发表了一系列的素描。1836 年到 1837 年，他发表了第一部长篇小说《匹克威克外传》，在出版界获得了巨大的成功和轰动。他接着写了很多好故事，在英语文学界塑造了很多令人难忘的人物形象。如《雾都孤儿》(1837-1839)，《尼古拉斯·尼克贝》（1838-1839)，《大卫·科波菲尔》（1849-1850) 和《远大前程》（1860-1861) 等。

狄更斯是一位精力充沛又高产的作家。他除了出版了大量的小说之外，还出版了很多的自传，为一些期刊供稿，这些期刊包括《家喻户晓的词汇》和《一年四季》等周刊。他也写了旅游类的书籍，同时还管理慈善团体。他喜欢戏剧，并写作剧本，在 1851 年，他甚至能够在维多利亚女王面前表演戏剧。他游遍了全球，也经常去美国，在那里发表反对奴隶制度的演讲。他也是反对贫穷的发起人，特别是积极推进城市中贫穷孩子的教育和福利措施。他于1870年去世，享年58岁。

早在1843年，狄更斯作为一名反映小作坊或工厂虐待童工的记者。狄更斯宣称："自己要像一个巨大的钟摆那样，替那些穷人们的孩子大声呼喊。"在1843年12月，他写了这本最受人们欢迎的著作《圣诞颂歌》。故事描写的是一群鬼魂来看望一位叫埃比尼泽·斯克鲁奇的守财奴，让人们懂得了圣诞节的意义。狄更斯通过这个生动的故事向人类传达了善良的重要性。这本书经久不衰，令人无比感动，自该书出版以来，过圣诞节也变成了人们的一个传统节日，这本书也让人们在庆祝圣诞的同时，不忘向别人表达怜悯和慈悲。

维多利亚时期的圣诞节

圣诞快乐，圣诞快乐！美妙的圣诞之歌，让我们总会追忆那无忧无虑的美好童年时光，让老人回忆起自己美好的青年时光，感召着出海的水手和旅者们不远万里，赶回家里，围坐在温暖的火炉旁，庆祝这个美好的节日。

——查尔斯·狄更斯《匹克威克传》，于1836年

圣诞节是与基督徒、异教徒和民间传统相关的庆祝节日。中世纪的传统往往把圣诞节视为是为了庆祝基督耶稣的诞辰纪念日，这个节日也是异教徒的（古罗马时期）农神节，通过那些入侵英国的罗马士兵被传到了英国，包括这种用绿色树木装饰房子的风俗，以及举办联欢聚会等传统。到了19世纪初，英国就很少大规模地举

办圣诞庆祝活动了，部分原因是受清教徒的影响，因为那些人反对庆祝与异教徒有关的节日，甚至在奥利弗·克伦威尔（英国17世纪的领袖）统治期间，颁布了一条法令，认为圣诞节不合法。在工业革命时期，其他的因素也让英国人不过圣诞节，因为在那个时期，很多人离开家乡，涌入大城市中，不把家乡的文化和家庭传统放在眼里。人们都很贫穷：工资低、工厂里的工作环境恶劣、工人们没有时间离开工作去庆祝这个节日。然而，自从维多利亚女王统治英国时期，圣诞节这个习俗又被得到了重视，人们又开始重新隆重地欢度圣诞节，并把这个节日当成了一年中最盛大的节日。我们现在知道了，是自维多利亚时代开始，我们才恢复了过圣诞节的传统，也恢复了唱颂歌的传统以及互相寄送圣诞贺卡的习俗。以前，我们只能买到情人节贺卡，现在也能买到圣诞贺卡了。维多利亚女王的丈夫阿尔伯特王子也对这个节日充满热情，他把自己家乡德国装点圣诞树的习俗也引进了英国。在温莎城堡里的那棵圣诞树（正如狄更斯在《圣诞树》那篇故事中所讲的那样，圣诞树是"德国人的美丽玩具"）曾被刊登在了1848年英国的带插图的《伦敦新闻日报》（Illustrated London News）上。很快，每个人都想在自己家里布置一棵同样的圣诞树。这可能是对查尔斯·狄更斯对当时影响最大的。圣诞节是与狄更斯最为密切的事情。他的圣诞故事当中，最好的就是《圣诞颂歌》，因为这本书能激发读者们在这个重大节日里对别人的感恩和同情。在这本小说的温暖场景和兴高采烈的活动中，狄更斯捕捉到了圣诞节的那种热闹场面和愉悦之情——全家人都团聚在一起，吃着圣诞节的盛宴；全家人玩罚物游戏和捉迷藏游戏；大口喝酒，大口吃肉，大家在一起跳舞，寻欢作乐。

狄更斯在这本书中描述了城市的繁华和热闹，也描述了创新精神以及工业革命时期有钱人的荒淫无度。圣诞节的商店往往被描述为正在流着口水的贪婪鬼："卖水果的店铺还在摆放着琳琅满目的水果，一只只鼓着大肚子的圆篮子里装满了栗子，那种形态就像一位笑呵呵的老绅士正穿着一件栗子色的马甲，懒洋洋地靠在门旁，他那容易患上中风的富态身体，一不小心，慌里慌张地就倒在了街上。再看看那些西班牙洋葱，个个面色都是红棕色的，仿佛喝醉了一般，每个都系着宽阔的肚带，长得胖胖乎乎的，闪闪发光，就像栽种它们的那些西班牙传道士一样……"还有那些高兴的狂欢者，正在放纵地狂欢着。除此之外，查尔斯·狄更斯也尖锐地抨击了富人和穷人的不平等。他终其一生都在进行改善穷人生活状况的呐喊。他的小说中总会把穷人的生活和富人的生活进行对比，让人们同情穷人。读者们能通过埃比尼泽·斯克鲁奇的眼睛发现即使是最冷酷无情的人也能改变，也能变得仁慈和充满爱心。

正如这本《圣诞颂歌》第一部分中斯克鲁奇外甥弗莱德说的那样："圣诞节就是这类事情中的一种。我可以肯定地告诉您，每当圣诞节来临的时候，我都认为这是一年中最好的时光。撇开圣诞节，这一神圣的名称和来源所引起的敬仰之情外——如果任何属于这个节日的东西都可以撇开的话——这个日子真是个大好时光：它是一个仁爱、宽恕、慈善、快乐的日子。"所以说，圣诞节的哲理就是友好地对待别人。这也是这本《圣诞颂歌》经久不衰，被人们喜欢的原因所在。

"我会以圣诞节为荣，在内心中让自己一整年都尽力记得这个美好的日子。"

——斯克鲁奇名言,来自《圣诞颂歌》

插画师的话

　　给查尔斯·狄更斯的作品配插图是一项巨大的挑战。同时，也是一项重大的殊荣。绘画的时候我所常备的就是铅笔、刷子、染料和纸张。这些也是我所熟悉的模式和规则，但对查尔斯·狄更斯先生的作品，我却需要格外的小心翼翼。这可能就像一位医生遇到了一台超级难做的手术一样，需要格外地努力和认真工作才行。对于《圣诞颂歌》和《圣诞树》的插图，我用了比其他经典著作更长的时间来进行绘制。我小心翼翼又倍加努力地"描画"斯克鲁奇的心路历程，以及查尔斯·狄更斯希望我们能在圣诞节期间看到的美好景物。每幅绘画都要比我想象的要艰巨得多。感谢您，查尔斯·狄更斯！

罗伯特·英潘
2007 年 2 月

前言

　　我竭尽所能地写了这本关于鬼的小书，也塑造了鬼怪的一个观点。我希望这个故事没有在这个特别的日子里冒犯我的读者们。我只是为了让大家在这个日子里不失幽默，或者说让我不失幽默。祝愿大家幸福安康！心想事成！

　　　　　　　　你们最忠实的朋友和仆人——查尔斯·狄更斯

　　　　　　　　　　　　　　　　　　　　1843 年 12 月

第一部分
马利的鬼魂

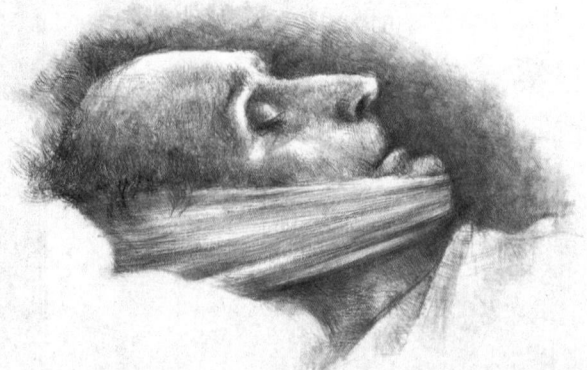

无论这是一个怎样的故事,我都得从马利之死讲起。马利死了!在马利葬礼簿上签字的有牧师、办事员、殡仪员和主要的送葬者,而所有这些签名都是斯克鲁奇一人完成的。斯克鲁奇——无人不知,无人不晓,他的名声远扬在外,凡是他选择插手的事情,没有不被搞定的。

老马利之死,就像那枚钉死的门钉一样,死死的,死了!

别多心!我并不是说,我有多么的了解有关钉死的门钉方面的知识。我更倾向认为棺材钉是五金器材行业中被钉得最死的东西,它们是永远不可或缺的东西。这个比喻富有我们祖先的智慧。有时,我真的佩服我们的祖先,怎么那么睿智,发明了这么多的东西,我也期待我的这双亵渎神明的双手,没有打扰到逝者,或者没有干扰到乡下人的那些风俗。这样,您或许会允许我重点地再重复一遍:马利之死,就像那枚钉死的门钉一样,死死的,死了!

斯克鲁奇知道马利的死吗?他当然知道。他怎么能不知道呢?我不知他们一起共事了多少年,但我却知道斯克鲁奇是马利的唯一遗嘱执行人、唯一的搭档、唯一的财产分配人、唯一的遗产受益人,也是唯一的朋友和送葬人。然而,我所说的这位斯克鲁奇,对于马利之死——这个悲伤事儿,并没有那么悲伤得不行,就算是在葬礼那天,

第一部分　马利的鬼魂

他还是表现出一个地地道道的生意人特有的样子，用讨价还价的方式办了那个葬礼，还在葬礼上大赚了一笔。

提到马利先生的葬礼，把我又带回了刚才这个故事的伊始。那就是——马利死了。这是不容置疑的事实，否则我们无法叙述下面的故事，也不会出现非常奇妙的情节。比如，如果我们不笃信哈姆雷特的父亲在我们的这位斯克鲁奇死之前早就死了，您会有何感想呢？您多久以后还会再看到我呢？那时，不会再有乞丐乞求他施舍，不会再有孩子们问他还需要劳动多长时间，也永远不会再有人提到斯克鲁奇在这个地方的种种劣迹。在这个地方，甚至导盲犬都认识他，只要看到他走了过来，都会一边把主人拖入大门，拖入院子里，或者绕道走开，一边摇晃着尾巴，仿佛在对主人说："我的主子虽然看不到，也比那个能看到的斯克鲁奇强百倍，恶人！"

斯克鲁奇不关心老马利的死活，那么他关心什么呢？他做他喜欢的事情。他总会与人群格格不入，不会赐给任何人一丝同情，永远高高在上，人们都称呼他为"吝啬鬼"。

圣诞前夕，也是在一年中最好的日子里，老斯克鲁奇都会守在账房里。天寒地冻，天气恶劣，伦敦的空气潮湿阴冷，雾气蒙蒙。他会听着院子外面的声音，那些人冻得上蹿下跳，捶胸顿足，不停地踢着石头，试图让身体暖和些。这座城市的大钟，刚刚响了三下，外面还是漆黑一片，天还没亮。隔壁账房里点起了蜡烛，透过窗户，能看到摇曳的烛光，宛若棕色的底板上，描绘着红润的色调。大雾从每个墙缝和锁洞，偷偷地溜了进来，虽然没有外面的雾气那么稠密，但院落狭窄，让人误以为房子只是个幻影。这些浓雾仿佛是在窥探着一切似的，看看人们生活得多么辛苦，多么希望刮一阵大风，把这雾气吹散。

斯克鲁奇账房的门开了，这方便他偷偷地看着那位办事员。那位办事员在远处的一个阴冷的小房子里，那里更类似一个密闭的"坦克"。办事员正在忙碌地抄写。斯克鲁奇有个小火炉，而办事员的火炉与他的比起来，似乎只有一块儿炭那么大。斯克鲁奇从来不肯给办事员房间里添加多余的炭，他把装炭的筐搬入了他的房里，随时看着，每次办事员过来取炭，他都会目测是否超量。如果超了，他会马上制止。他会分配办事员的用炭量，让办事员使用很少的份额。他这么做的理由是，那个办事员有白色的羊毛围巾，在烛光中已够暖和了。在如何对待办事员方面，没有人能比他更有想象力了。

"舅舅，圣诞快乐！上帝保佑您！"一阵清脆又欢快的声音响起。这是斯克鲁奇外甥的声音。他快步地走了过来。

"呸！"斯克鲁奇说，"骗子！"

寒冷的雾气让斯克鲁奇的外甥更加快了脚步。他长得英俊潇洒。因为走得急，满面红光。大口呼出的气体，缭绕在他那炯炯有神的眼睛周围。

"舅舅，我这个骗子，祝您圣诞快乐！"斯克鲁奇的外甥说道。"我敢肯定地说，那不是您的真实想法，对吗？"

"是我的本意，"斯克鲁奇说，"圣诞快乐！你那么穷，你有什么

权利庆祝呢？你有什么理由庆祝呢？"接着，轮到他的外甥说话了，青年人说道："那又怎样呢！您那么富有，您有什么权利不高兴的呢？您有什么理由不开心的呢？"斯克鲁奇在那一刻无言以对，只好又重复说了一声："呸！"接着又加上俩字"骗子！"

"别发火啊，舅舅！"外甥说。

"我怎么能不发火呢？"斯克鲁奇反问道，"我住在这样一个到处都是傻瓜的世上，能不让我发火吗？圣诞节怎么能让我快乐得起来！滚它的圣诞节快乐吧！圣诞节有什么好的，这样的日子只不过是你没钱付账的日子；只不过是你发现自己老了一岁，却没过上一个小时富人的日子；除了发现自己有一大堆十二个月的欠账之外，毫无其他进账。如果我再说得狠一些的话，"斯克鲁奇愤怒地说着，"对于每个四处奔走相告'圣诞快乐'的傻瓜们，我一定要把他们和他自己的布丁一起煮了，然后用一枝冬青穿过他们的心脏，把他们草草地埋葬。他们真是罪有应得。"

"舅舅！"年轻人恳求着说。

"外甥呀！"舅舅一脸严肃地说，"你按照你的方式过圣诞节，我也按照我的方式过。"

"按照您的方式！"外甥重复着舅舅的话，"可您从没有自己的方式呀！"

"总之，你爱怎么说，怎么说吧！"斯克鲁奇说，"再怎么说，我的日子也比你好！好过你所有度过的圣诞节！圣诞节给了你什么好处呢？"

"我得到的好处太多了，虽然我没有进账，但我敢打赌，我在圣诞

第一部分 马利的鬼魂

节那儿已经得到了好处,"外甥回答说,"圣诞节就是这类事情中的一种。我可以肯定地告诉您,每当圣诞节来临的时候,我都认为这是一年中最好的时光。撇开圣诞节,这一神圣的名称和来源所引起的敬仰之情外——如果任何属于这个节日的东西都可以撇开的话——这个日子真是个大好时光:它是一个仁爱、宽恕、慈善、快乐的日子。就是这样,舅舅啊!虽然圣诞节没给我一小块金子,也没给我一小块银子,但我相信,它给了我很多好处,而且还会给我更多的好处。所以,我要说,上帝保佑圣诞节!"

待在"坦克"里的那名办事员情不自禁地鼓掌。他马上又觉得这样做不合适,假装拨弄着火,让那渐渐熄灭的火星重燃起来。

"你再喊一嗓子试试看,"斯克鲁奇愤怒地说,"我就让你滚蛋,以后也别来了,去过你的圣诞节去吧。你倒真是个蹬鼻子上脸的演说家。"

他又转向他的外甥，补充了一句，"我真搞不懂，你怎么不进国会。"

"别生气了，舅舅。来吧！明天来我家里吃饭吧！"

斯克鲁奇说他宁愿看到外甥的——是的，他的确说了，他把这句话完全说了出来，他宁愿看到我们前面所说的，他外甥的心脏被插上冬青的死样子，他也不去。

"可是，为什么呢？"斯克鲁奇的外甥喊叫着，"为什么呢？"

"你为什么结婚呢？"斯克鲁奇问。

"因为我坠入了爱河。"

"就因为你坠入了爱河！"斯克鲁奇吼着，好像天底下最荒谬可笑的事情就是过圣诞节一样，"再见！"

"舅舅，别这样吗！您可是在这件事情之前从未来看过我的，为什么不把这个节日当成来看望我的理由呢？"

"再见。"斯克鲁奇说。

"舅舅，我对您别无所求，什么也不要您的，为什么我们就不能和平相处呢？"

"再见。"斯克鲁奇说。

"看到您的态度如此坚决，我真的很难过。我们之间的争吵，我从来都没赢过。不过，我曾发誓效忠圣诞节，因此我要把自己过圣诞节的美好心情维持到底。那么，舅舅，我只能祝您圣诞快乐了！"

"再见！"斯克鲁奇说。

"同时也祝您新年快乐！"外甥说。

"滚！"斯克鲁奇愤怒地说。

虽然斯克鲁奇的态度如此，但他的外甥却丝毫没有生气地离开了

那里。他在办事员的门口停下了脚步，向办事员表达节日的问候。那个办事员虽然身子很冷，内心也比那位斯克鲁奇暖和，因为他热情地回应了这份祝福。

"竟然还有一个家伙，"斯克鲁奇无意中听见了他的话，嘀咕了一句，"我的办事员，一周只挣十五先令，还得养家糊口，也高谈什么圣诞快乐，我真得进入精神病院了，我幻听了吗？"

这个疯子一边赶走了自己的外甥，一边欢迎着另外两个人进来。他们是非常魁梧的绅士，看上去和蔼可亲。这会儿，他们脱下了帽子，站在了斯克鲁奇的办公室里。他们手持文件和账簿，对他鞠躬。

"冒昧打扰了，这里是斯克鲁奇和马利商号吧？"其中一位绅士一边查着名单，一边问。

"我能荣幸地称呼您为斯克鲁奇先生吗，或者马利先生？"

"马利先生死了整整七年了，"斯克鲁奇回答道，"他正是七年前的今天死的。"

"毫无疑问，他的慷慨之心，正由您这位好搭档完美地执行着。"这位绅士一边说着，一边拿出了一份证明文件。

确实如此，物以类聚，他们一定有某些相似之处。斯克鲁奇听到了那个"慷慨之心"的字眼儿时，就立刻皱了皱眉，摇了摇头，把那份证明文件递了回去。

"斯克鲁奇先生，值此一年之中最为美好的圣诞节期间，"这位绅士一边说，一边拿出一支笔，"先生，我们更需要比平时多给穷人准备一点儿东西，周济他们。因为他们此刻正在遭受巨大的痛苦。成千上万的人们需要生活必需品，还有数十万的人们等待着别人的安慰和

第一部分　马利的鬼魂

帮助。"

"难道监狱不管吗？"斯克鲁奇问。

"当然有很多监狱。"绅士放下了笔，说道。

"还有工会济贫院去哪了呢？"斯克鲁奇盘问着，"这些机构还在吗？"

"他们都还在，"绅士回应道，"我倒是希望自己能说他们关门了。"

"那么，《踏车》和《济贫法》还在这个国家精力充沛地扮演着法律角色吗？"斯克鲁奇说。

"两者还健在，先生。"

"哦！刚才听你讲的话，我真是担心发生了什么事情，担心这些为民服务的机构都停工了，"斯克鲁奇说，"我很高兴听到你说他们还健在。在我的印象中，这些机构从来不会在圣诞节对那些群众表示慰问的。"

绅士回答说："我们几个人正在努力地筹集一笔资金，来给那些穷人购买一些肉、酒和御寒的食物，好给他们送去一些温暖。我们之所以选在这个时间进行筹款，就是因为和其他时间比起来，现在是穷人迫切需要帮助，而富人们正寻欢作乐的时候。那么，我们把您也算入发放善心的人之内吗？"

"别写！"斯克鲁奇回答。

"您不希望被提到自己的名字吗？"

"我希望不在名单之内，"斯克鲁奇说，"绅士们，既然你们问我希望什么，这就是我的答案。我没指望在圣诞节让自己快乐，我也不

能提供给那些傻瓜们任何资助，我不能让他们快乐。我帮着支持前面我们提到的国家机构，他们已经从我这里拿了太多钱了。就让那些穷光蛋们滚到监狱里去吧！"

"很多人进不去，而很多人宁愿死也不去。"

"他们愿意死，就死吧！"斯克鲁奇说，"那样就能解决人口过剩的问题。更何况——抱歉——我随口说说，我不懂国家这一套。"

"不过，您可能懂的。"绅士说。

"这不关我的事，"斯克鲁奇回答，"一个人只要管好自己的事儿，不去干预别人的事儿，就够了。我手头上的事儿，已经够让我焦头烂额的了。再见，先生们！"

两位绅士已经清楚地意识到，再努力下去，已无济于事，就告辞离开了。斯克鲁奇继续手头的工作，心里美滋滋的，与平常相比，因自己的明智而更为心情愉悦。

与此同时，雾气越来越重，天色更黑暗了，只能看到人们手提着熊熊燃烧的提灯跑来跑去，招揽生意。他们走在马车前面，给马车带路。已经看不见教堂的古老塔楼，那里的那座粗声粗气的老钟，正透过墙上哥特式的窗户往下看，仿佛在窥视着斯克鲁奇的一举一动。那座老钟，时不时地在云雾里敲响，敲过之后，拖着颤抖的余音，仿佛瑟瑟发抖的人，冻得牙齿撞击着牙齿，发出寒噤之音。天气变得更冷了。在大街上法院的拐角处，一些工人们正在修理煤气管道，他们在火盆里生起了旺火，衣衫褴褛的男人和孩子们聚拢在火盆周围，兴高采烈地烤着手取暖，对着火焰眨着眼睛。消防栓孤零零地被他们遗弃在一旁，它溢出的水闷闷不乐地凝结在一起，一会儿的工夫，就变成

第一部分　马利的鬼魂

了愤世嫉俗的冰块。明亮橱窗里的冬青树枝和小红果，在炙热的灯光炙烤下，劈啪作响，店铺里明亮的灯光，把路人苍白的脸照得绯红。家禽店和杂货铺的红火生意已经成为一个非常好的笑话：繁华盛世，一派祥和，几乎很难让人相信，在如此繁华之地，人们怎能做出讨价还价的愚蠢行为。此时，市长大人，正稳坐在自己的豪华官邸，命令着家里的五十个厨子，张罗着美酒佳肴，要把圣诞节给他过得像个市长应得的那般奢华。甚至那位小个子的裁缝，上个星期一，因为在大街上喝醉了被打了一顿，还被市长罚款五先令。这会儿，他也在阁楼上搅拌着明天的布丁。他那瘦得皮包骨的老婆和孩子，出去为市长买牛肉了。

雾更浓了，天更冷了！冷得似乎像细针在刺扎着皮肤似的，也冻到了骨头里，人们瑟瑟发抖。如果英明的圣徒邓斯坦用这种天气，替代他的武器，去钳住恶魔的鼻子的话，那个恶魔一定会吓得鬼哭狼嚎的。此刻，一位不太年轻的鼻子拥有者，又冷又饿，被饥饿和严寒的猎狗啃噬着，仿佛骨头都快被啃碎了一般。他弯下腰，对着斯克鲁奇所在房门的钥匙孔，讨好地唱着圣诞颂歌，但他刚张嘴唱了两声：

"上帝庇佑您，快乐的绅士！

愿您无忧无虑，笑口常开！"

斯克鲁奇生气地用尺子敲打着桌子，吓得那位唱歌的人马上逃走了，把钥匙孔留给了迷雾，斯克鲁奇和这寒冷的迷雾一样令人感到寒冷。终于熬到了账房该下班的时候了。斯克鲁奇非常不情愿地从凳子上下来，对"坦克"里的办事员心照不宣地默认了这个事实。办事员立刻熄灭了烛火，戴上了帽子。

"你明天得来工作一整天，对吧？"斯克鲁奇说。

"对的，先生，如果您方便的话。"

"要是我不方便的话，"斯克鲁奇说，"要是我给你扣掉了半个克朗，你一定会认为很不公平，认为受到了虐待，吃亏了吧？"

办事员撇着嘴，苦笑着。

"还有，"斯克鲁奇说，"如果我付了你全天的工资，你不认为我吃亏了吗？"

办事员说，圣诞这个日子，一年才轮到一次。

"每年的12月25日，只不过是穷人偷别人的钱，找借口的日子而已！"斯克鲁奇一边说着，一边扣着大衣领扣，一直扣到了下巴底下。"我认为你明天必须全天都上班。后天早上必须来得更早！"

办事员答应着，斯克鲁奇嘀咕着，走了出去。

眨眼的工夫，事务所关了门，办事员围上长长的白羊毛围巾，围巾的两头耷拉到腰部（因为他没有可以炫耀的大衣）。他跟在一群男孩

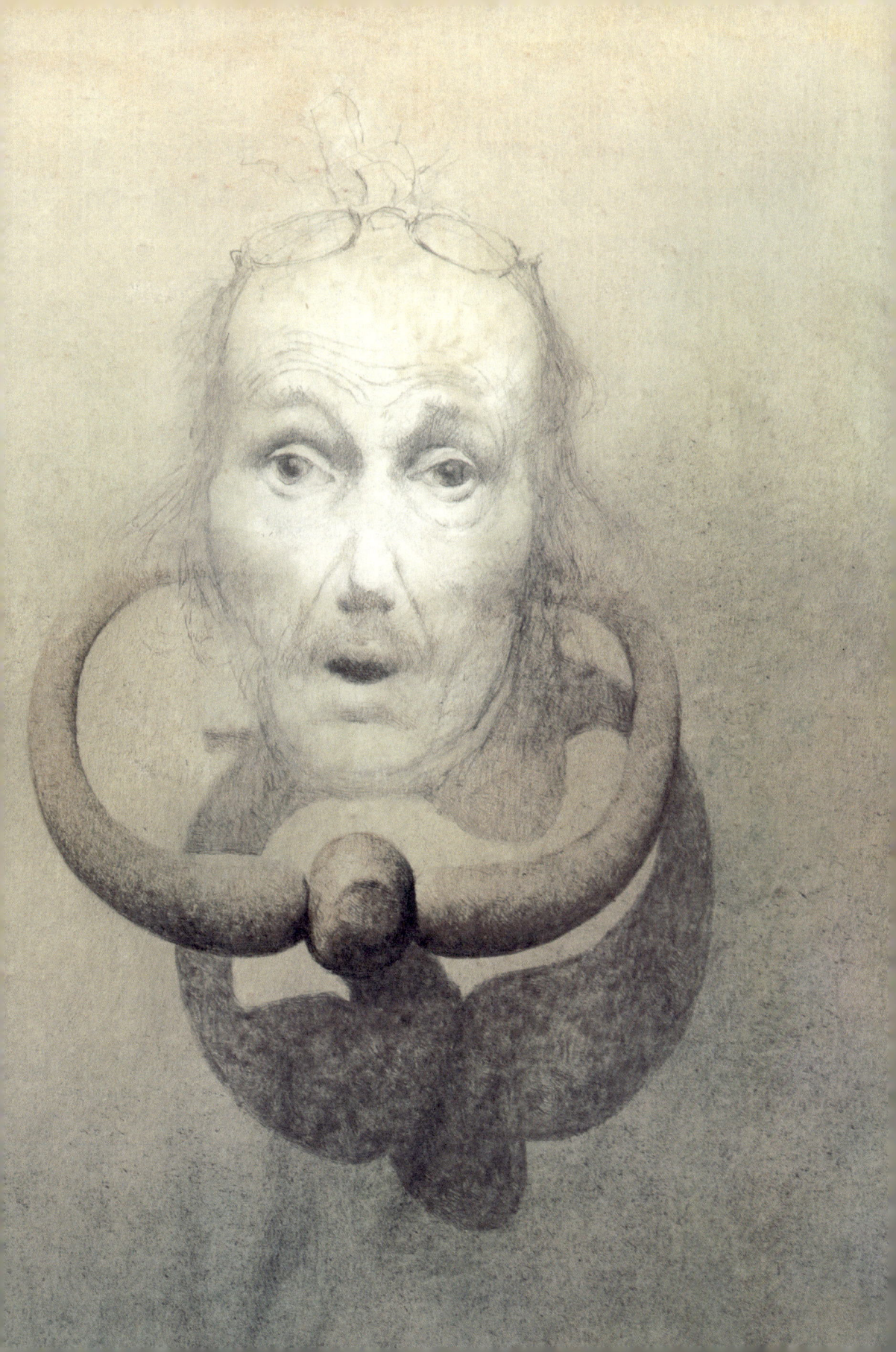

的后面，沿着康希尔大道前行，一会儿一个跟头，滑倒了20多次。他用这种方式庆祝圣诞前夕，然后，他使出最大的力气跑入卡姆登镇的家里，玩捉迷藏游戏了。

　　斯克鲁奇在他经常去的那个忧郁小馆子，独自一人，死气沉沉地吃着。他为了打发余下的夜晚时光，看完了所有的报纸，然后欣赏了一下银行存折，便回家睡觉去了。他现在住在死去的合伙人的那个房子里。那个房子是在一个院子最里面的跨院，是那套阴暗房子里最阴郁的一个房子。那个房子看上去的确不好，总会让人猜想，一定是在刚开始造的时候，是在和别的房子玩捉迷藏游戏，只是跑入里面后，忘了出来的路。

　　那个房子现在真够老的，非常寒酸且阴郁。除了斯克鲁奇没人愿意住那样的房子，况且，这个房子也符合他的气质。虽然他知道那里的每一块石头，但在漆黑的浓雾中，他也得摸索着前行。迷雾和寒气弥漫在漆黑的、千疮百孔的房门前，仿佛掌管着天气的神灵们正蹲坐在门槛上，哀伤地遐想着。

　　这时，门上的门环，除了够大之外，的的确确没有一丁点儿特殊的地方。这也是事实，自从斯克鲁奇住到了这里后，他每天早晚都能看到这个门环。斯克鲁奇缺乏幻想的能力。他的这一特点也像伦敦城里的任何人一样，甚至更斗胆地讲——也包括大企业主、达官贵人和参议员们，他们都缺乏想象力。正如我们前面所说的那样，斯克鲁奇自从那天下午提到了他的合伙人马利已死了整整七年之外，就从未想起过他。那么，现在请随便哪一位给我说明一下，如果能做到的话，这是怎么发生的呢？当斯克鲁奇正用钥匙开门的时候，毫无先兆的，没有任何变化过程,门环已不是门环,而是变成了马利的一张脸。

马利的脸。它不像院子里其他的东西那样模模糊糊的,只有暗淡的光线笼罩着,仿佛黑暗的地下室里死掉的一只只龙虾。马利的那张脸,并不怒气冲冲,也不狰狞恐怖,只是如同他还活着时那样看着斯克鲁奇:只是这个鬼魂把眼镜戴在了额头上,而没有像他活着时那样戴在眼睛上。这个鬼魂的双眼大睁着,但又完全不动,没有丝毫的灵气。他的头发奇怪地抖动着,好像正在大口地喘着热气一样。整个脸的颜色都是青灰色的,看上去很吓人。不过,这种脸色似乎是这张脸无法控制的,似乎不像他表情的一部分。

当斯克鲁奇盯着这张脸仔细看的时候,这个幻影又变成了门环。要是说斯克鲁奇没被吓一跳,或者说他的血管里没感受到从婴儿起就再未体验过的恐怖的话,那一定是在说谎话。不过,他还是把刚才缩回的手伸到了钥匙上,用力地转动钥匙,门开了。他走入门内,点亮了蜡烛。

关门前,他立在那里,犹豫了一会儿,他仔细地先看看门背后,似乎半期待半害怕地想看到马利的辫子翘着伸入门厅里来。但是,门后除了钉住门环的那个螺丝钉和螺丝帽之外,什么都没有。于是,他自言自语地说道："呸，呸！"咣当一声，关上了门。

关门的声音像一声闷雷，回荡在整个房子里。楼上的每个房子，楼下酒商储存在酒窖里的每个木桶，都因这声音而发出了共鸣，荡漾着阵阵回音。斯克鲁奇不是那种能被回声吓住的男人。他锁好门，穿过门厅，慢慢地顺着楼梯而上，他一边走，一边掐断蜡烛芯，避免蜡烛燃得过旺。

你可以随意地胡诌什么一辆六匹马拉的大车，被赶上了一个非常破旧的楼梯，或者穿过刚公布的一项糟糕的国会法案等。不过，我想说的是，你可以让马车拉着棺材驶上那个楼梯，并且棺材是横放着前行：棺材的宽面朝着墙壁，另外一头朝着楼梯栏杆。你仍会有很大的空间，绰绰有余。那可能也是斯克鲁奇认为黑暗中有一辆灵车在他前面行驶的原因。外面的五六盏煤气灯也无法把这个楼梯照亮，所以，你可以想象出，只靠他手里蜡烛的那点儿亮光，在那个楼梯上是多么的黑暗。

斯克鲁奇对这种黑暗早已习以为常：黑暗代表着便宜，不浪费钱财。他喜欢这样。不过，他在关上卧室的那扇房门前，还是非常认真地查看着各个地方，看看是否一切都安好，因为那张脸给他带来的印象，足够让他小心为妙。

他查看了客厅、卧室和储藏室，都保持着老样子。没人藏在桌子下，没人藏在沙发下面，壁炉里还生着文火；汤勺和餐盆都没少；一小锅稀粥还放在火炉旁的铁架上，也没人躲在挂在墙上的睡衣里，那衣服的确值得人们怀疑。储藏室还是老样子。用了很长时间的护栏，破的鞋子，两只鱼筐，一个洗脸盆三脚架，还有一根拨火棒。

他巡视完，一切都没差错后，关上了门，把门上了锁。他这次上了两道锁，这可与他平常的行为方式不同。在确保一切都妥当以后，他才取下脖子上的领带，穿上了睡衣和拖鞋，戴上了睡帽，坐在火炉旁，喝他的稀粥。

炉火里燃着的却是文火，在这样寒冷的夜晚，可以说这里简直和没有火炉一样寒冷。他尽力地靠近火炉，似乎也给火炉笼罩上了一层愤恨不满的情绪，也想从这一小撮的炉火中榨取最后的一点儿温度。这个火炉大概是很久前，由荷兰的商人建造的，壁炉四周都镶嵌着奇怪的荷兰花砖，拼成《圣经》故事的图案，该隐和亚伯、法老的女儿们、示巴女王、如羽毛般的云朵、从空中降落的小天使们、亚伯拉罕、伯莎撒、乘着船形奶油碟子起航出海的使徒们，千姿百态的人物形象，引发人们无限的遐想。不过，死了七年的马利的脸，却像古代先知们的权杖一样，把这一切都赶走了，如果每一块光滑的瓷砖起初都是一片空白的话，就能有种神秘的力量，把他幻想中不连贯的思想在那些瓷砖上面绘制出某些图案，就能在每一块瓷砖上留下一幅老马利的画像。

"都是骗人的把戏！"斯克鲁奇嘀咕了一句，接着，朝着房间对面走去。

他走了几个来回之后，又坐了下来，他把头往后仰靠在椅背上，抬眼望去，突然看到了那个很久前悬挂在那里的老钟，那个老钟已经很久不用了。这个老钟挂在那里，似乎只是出于某种与遗忘相关的楼房最高层的某个房间进行默契地交流和取得联系一般。他对此感到大吃一惊，有种奇怪的，莫可名状的恐惧袭上心头：当他瞧着那个老钟

第一部分 马利的鬼魂

的时候,老钟来回地晃荡着,起初还荡得轻微,几乎听不到声音,不过,很快就发出了巨大的声响,甚至房间里所有的钟都发出了震耳欲聋的响声。或许这钟声持续响了半分钟,也可能响了一分钟,仿佛响了一个小时那么久。接着,所有的钟又像刚开始的那样,戛然而止。过了一会儿,从深深的底下,传来了叮当叮当的噪声,好像有人正在酒商的酒窖里的酒桶上摇曳着一根沉重的链条,弄出的声响一般。此刻,这让斯克鲁奇想起了以前听过的鬼故事中提及的那些魔鬼们,它们经常都拖拽着沉重的链条。

突然,地窖的门被打开了,那里的噪声越来越响了。接着,像有什么东西朝着楼上爬了上来,直接来到了他的房门外。

"都是骗人的东西!"斯克鲁奇说,"我才不信什么鬼魂的。"

虽然这么说,但他的脸色却变了。这会儿,那个东西没有停顿,径直穿过厚重的房门,走了进来,站在了他的面前。它一进屋,那个渐渐熄灭的火苗猛地蹿了起来，好像在大声地呐喊着："我认识他，那是马利的鬼魂啊！"接着，又蔫了下去。

还是那张脸，完全一模一样。马利还是扎着辫子，穿着那件他经常穿的背心、紧身裤和皮靴，皮靴上的流苏像他的辫子一样，来回地摆动着。上衣的裙摆和他的头发一样，都是翘起来的。

他拖着的链条缠绕在腰上，其余的链条耷拉到地上很长一部分。像一条尾巴盘绕在身上，构成那条链条的东西（斯克鲁奇凑近了仔细地打量着）是现金箱、钥匙、挂锁、账簿、契约以及沉重的钢制手提箱。

马利的身体是透明的，所以能看到他的大衣后面的两颗纽扣。

斯克鲁奇以前曾听说过马利没有肠子，以前他从不相信，现在他完全信了。不对，直到现在，他也不信。虽然他把那个站在他面前的幻象看得彻彻底底的，上下左右，都看了一遍，他还是不信。尽管他看着眼前的这个鬼魂的冰冷的眼睛，散发着恶狠狠的寒光，令人胆战心惊的，他也看到了那条从头上包到下巴部位的头巾的质地，他以前从未见过马利包过这玩意儿。虽然如此，他还是不相信自己的知觉，并且不停地在告诉自己：这不是真的，自己看到的都是假的。

"现在，感觉如何呀？"斯克鲁奇说，声调和以往一样尖酸刻薄，"你找我有何贵干呢？"

"有很多事儿！"毫无疑问，是马利的声音在回答。

"你是谁呢？"

"你该问我，过去，我是谁？"

"那过去你是谁呢？"斯克鲁奇说道，尽力提高了音调，"对于一个鬼魂来说，你真够咬文嚼字的。"他本来想说"挑剔的影子"，但感觉前者更贴切，就用前面的具体词语代替了自己的本意。

"我活着的时候，是你的合伙人，名字叫雅各·马利。"

"你能——能坐下来吗？"斯克鲁奇边说，边怀疑地看着他。

"好的。"

"那么，坐吧！"

斯克鲁奇之所以问了这个问题，是因为他不知道是否一个鬼魂能在椅子上坐下来，如果无法做到的话，就有必要进行一番尴尬的解释。不过，现在那个鬼魂坐在了火炉对面的椅子上，就像他活着的时候那样，坐在那里。

"你并不信任我。"那个鬼魂打量着斯克鲁奇说道。

"我信任你。"斯克鲁奇回答。

"你为什么总怀疑你的感觉呢？"

"因为，"斯克鲁奇说，"有点儿小事情就会影响我的感觉。我的胃肠失调，总会欺骗我的感觉。你可能就是一小块没消化的牛肉、芥末、奶酪碎末和半生不熟的土豆，无论你是什么东西，荤油的成分总多过你魂游的成分吧！"

斯克鲁奇并不擅长开玩笑。那会儿，他也没有闲情逸致去逗趣打诨。实际上，他是试图让自己显得更镇定，这样才能分散自己的注意力，让自己显得不那么害怕。因为那个幽灵的声音已经让他的骨头里都感觉到惶惶不安了。

那个幽灵坐在椅子上，那双呆滞如玻璃球似的眼睛，直愣愣地凝视着斯克鲁奇，这让他觉得非常糟糕。他觉得自己马上要大难临头了。更何况，对面坐着这个鬼魂，总让人觉得是处在地狱的阴森恐怖氛围

之中。

斯克鲁奇虽然感觉不到这一点，但他的确处在这样恐怖的情境之中。虽然那个鬼魂坐在椅子上是静止不动的，但那头发、裙子和流苏仍然在飘动，好像是被壁炉散发出来的热气吹动的一般。

"你看到这根牙签了吗？"斯克鲁奇问，因为刚才提到的那些可怕的理由，他重新迅速地转守为攻地寻找打岔的机会，好分散对方的注意力。他也希望对方哪怕把那该死的呆滞目光从他身上移开一秒钟也好。

"我看到了。"鬼魂答复着。

"你却没有看着牙签。"斯克鲁奇说。

"可我看见它了，"鬼魂说，"我不用盯着它，也知道它的位置。"

"好吧！"斯克鲁奇说，"平日里，我与其受到自己制造的一大堆讨厌鬼的困扰，还真不如把这个吞入肚子里。混蛋，我跟你说吧，那些家伙都是混蛋！"

鬼魂听到了这句话，马上发出了可怕的哭喊声，不时地摇晃着它的链条，那噪声是那么令人毛骨悚然，迫使斯克鲁奇只能紧紧地抓着自己坐着的那把椅子，免得自己被吓晕过去。除此之外，还有让他更害怕的事情，仿佛是因为房间里太热的缘故，那个鬼魂竟然解下了自己头上包扎伤口的绷带。接着，它的下巴就耷拉到了胸前，来回晃荡着！

斯克鲁奇双膝跪下，十指交叉地握在面前。

"上帝啊！"他说，"可怕的幽灵啊，你为什来折磨我呢？"

"平庸心智的凡夫俗子！"鬼魂回答，"你相信我到底是否存在

第一部分　马利的鬼魂

呢?"

"我相信,"斯克鲁奇说,"我必须相信。可为什么神鬼到世上走动,偏偏来找我呢?"

"大千世界的每个人,"鬼魂回答,"他体内的灵魂都得与他的同类之间四处走动,如果他生前的灵魂没有走动,那死后一定会被判罚到处走动,游遍四面八方的,所以,他的灵魂在死后,注定会落个浪迹天涯的下场的——哦!我真是不幸啊!——我只能眼睁睁地看着那些享受不到的东西,本来我在活着的时候,可以好好享受的,本应该成为我幸福的回忆的!"

这个幽灵又发出了一声哭喊,摇动着身上的链条,搓着黑漆漆的双手。

"你被手铐脚镣捆住了,"斯克鲁奇颤抖地说道,"告诉我,这是怎么回事呢?"

"我戴着自己生前所制作过的东西做成的链条,"鬼魂回答说,"我用自己的有生之年,制造了这些链条的一环扣一环,一码又一码,

我心甘情愿地把它缠绕在自己的身上，也心甘情愿地戴着它。难道你对我的这个款式感到陌生吗？"

斯克鲁奇浑身越来越颤抖了。

"否则，你就会知道，"鬼魂继续说道，"你自己的身上缠绕着的那根东西会有多重，会有多长呢？从这个圣诞节往前推七个圣诞节，那个时候你的链条就比我的这根还重，还长了。更何况，你又花费了不少的精力，现在，你身上的链条已经非常沉重了！"

斯克鲁奇看着周围的地板，想要看看自己的身上是否已经被五六十英寸长的链条缠绕上了，可他什么也看不到。

"雅各，"他恳求着，"老雅各·马利，再和我聊聊天，说些安慰人的话吧，求你了，雅各！"

"我没有这种话好对你说的，"鬼魂回答说，"埃比尼泽·斯克鲁奇，安慰会由另外一个世界的其他使者们，传递给另外一些人。我也不能泄露天机。我只能说，我现在所剩时间不多了。我马不停蹄地游荡，不能停下来，不能逗留在一个固定的地方。这都是因为，我的灵魂从来没有出过那个账房之外——记住我的话——这些都是因为，在我的有生之年，我的灵魂从来没有穿越过账房里那个银钱兑换窗口的狭小空间；我现在，只能趁此机会，不知疲倦地四处游荡了！"

斯克鲁奇有个习惯，就是无论他何时思考问题的时候，都会把双手插在裤子的口袋中。他听着鬼魂的话，沉默着，又这样做了，只不过这次他没有抬起眼睛，还是跪着，没有站起来。

"那么，雅各，你的行程一定很慢。"斯克鲁奇的脸上虽然带着谦逊和恭敬的态度，但你还是能发现商人特有的一本正经的神情。

第一部分　马利的鬼魂

"等等！"鬼魂重复着说，"我已死了七年了。"

斯克鲁奇略有所思地问："所有时间都在游荡吗？"

"是的，所有时间都在干这事儿，"鬼魂回答，"没有休息，没有闲暇，无时无刻不在悔恨当初啊！"

"你走得快吗？"斯克鲁奇问。

"我驾着风的翅膀。"鬼魂回答说。

"你在这七年里，估计已经去了很多的地方了。"斯克鲁奇说。

鬼魂听到这句话，又发出另外一声哭喊，同时在黑暗中，把它身上的沉重链条弄得咣当作响，打破了夜晚的宁静，令人闻声丧胆。那种巨响，足以让保安有理由控告它扰民了。

"哦！我浑身上下被沉重的链条绑着，戴着沉重的手铐脚镣，"这个幻影哭喊，"我真不懂那些不朽的人物们，永无休止地为这个世界劳作，只为了来世能过得更好，而不停地鞠躬尽瘁。我不懂任何一个基督教的灵魂，善良地工作在它的小小范围内，不管那是什么范围，都会发现它的有限生命太短了，不够发挥它巨大的作用。我不懂得一生中的机会错过之后，就没有任何后悔的余地了！然而，我活着的时候，就是那样过的，我从没放在心上！"

"可你一直是个好生意人啊，雅各！"斯克鲁奇支支吾吾地说。他现在开始把这句话用在自己的身上，暗示他也是个好生意人。

"生意！"鬼魂大喊着，再次开始搓着双手，"人类是我的生意，公众福利是我的生意；宽容、怜悯、仁慈、自制和善行才是我的生意。我的那些行业中的狗屁交易，只不过是我所有重要生意汪洋大海中的一滴水而已！"

它伸长了手臂,高举着链条,仿佛这就是它徒劳无益的痛苦根源,接着,又挥动着链条,重重地把链条摔到地上。

"在岁月流逝的时候,"幽灵说,"我最痛苦。为什么我对那些走过的同胞们视而不见呢?为什么我就不看看那曾引导着智者去卑微之地的神圣之星呢?说不定,那星光也会引导我去穷人的家里,让我去帮助他们!"

斯克鲁奇听着幽灵这样往下说,更加感到害怕了,浑身开始发抖了。

"听我说!"鬼魂喊着,"我几乎没有时间了。"

"我会听话的,"斯克鲁奇说,"只要你不折磨我!别说得那么深奥,雅各!求求你了!"

"我怎么能用你能看得见的方式显现在你的面前呢?这可是天机,我是不会告诉你的。我只能告诉你,我曾很多天都无影无踪地坐在你的身旁。"

这句话可真让人不舒服。斯克鲁奇颤栗着,用袖子抹了抹额头的汗珠。

"在我的赎罪苦旅中,那可是个难熬的部分,"鬼魂继续说,"我今晚来见你,就是为了警告你,你还有机会和希望避免再体验我的命运。埃比尼泽,这是我想尽了办法,才告诉你的好机会和希望所在。"

"对我来说,你一直是我的好朋友,"斯克鲁奇说,"谢谢你了!"

"你会被鬼缠着,"这个鬼魂继续说,"被三个鬼魂缠着。"斯克鲁奇面色大变,拉长了脸,就像眼前这个鬼魂的大长脸似的。

"雅各,这就是你所提到的机会和希望吗?"他结结巴巴地询问。

"是的。"

"我宁可没有这个机会。"斯克鲁奇说。

"如果没有它们的来访,"鬼魂说,"你就还会走我的老路,无法避免与我相同的命运。明天一点钟的时候,你就等着第一位访客吧!"

"雅各,我真的无法接受这样的对待,此事就此了结吧!别让我再受罪了。"斯克鲁奇暗示道。

"后天的一点钟,你等着第二位访客的到来。大后天的十二点,钟声最后一响停止震荡的时候,第三位访客会出现在你的面前。你以后就再也见不到我了。你瞧,都是为了你好,你要感恩我们之间的这段交往。"

幽灵说完了这些话后,拿起桌子上的绷带,像刚进来时那样把头上的伤口包扎好。

斯克鲁奇不用看也知道幽灵在这么做,因为他能听到幽灵的上下颌被绷带扎起的时候,牙齿发出刺耳的嘎吱声。他再次鼓起勇气,抬头看那位神奇的访客的时候,发现那个访客正直挺挺地站在他的面前,浑身上下被沉重的链条弄破的伤口,流着血,化着脓。

幽灵从他的面前向后退去,它每退一步,窗子就自动升起一点儿,当它抵达了窗户旁的时候,整扇窗户都被打开了。幽灵招呼斯克鲁奇过去,他照做了。当他们彼此之间只有两步远的时候,马利的鬼魂伸出手,比划着停住的手势,警告他不能再靠近了。斯克鲁奇停住了脚步。

与其说是斯克鲁奇听从了幽灵的话,不如说他是因惊恐和胆战心惊而停住了。因为当那个幽灵伸出手的时候,他听到了鬼哭狼嚎般的声音,那些声音,断断续续的,充满着哀痛和悔恨,那是无法用语言形容的悲伤和自责而汇集成的噪声。幽灵听了一会儿后，也开口唱着那哀痛的挽歌，并跟随着那悲悯的歌声，飘出了窗外，融入了无比凄凉的暗夜中。

斯克鲁奇跟到窗前，他向外张望着，好奇地四处打量着。空中布满了各种鬼魂，飘来飘去，四处游荡，一边走，一边呻吟着。每个鬼魂都戴着和马利一样的铁链，有几个（可能是犯了罪的官员）被紧紧地捆绑在一起，没有一个可以自由行动。斯克鲁奇认识那里的很多鬼魂。他们活着的时候，都和他打过交道。他对其中的一个穿着白背心的老鬼非常熟悉，那个老鬼的脚踝上正绑着一个巨大的铁皮保险箱，他正因看到前面台阶上一个怀抱婴儿的女人无人帮助，而发出悲伤的惨叫。他因为无能为力而哭泣。显然，他们所有的痛苦都要为活着的人做些好事，好弥补自己有生之年的亏欠，可是已经无能为力了，因为他们都已经死了。

也不知是这些鬼魂渐渐融入了迷雾之中，还是厚重的迷雾笼罩住了它们。他说不清楚，不过它们连带着它们的灵魂都一块儿消失得无影无踪了。夜晚又恢复到了他刚进入家门时的那般寂静之中。

斯克鲁奇关上了窗户，仔细地查看着刚才马利的鬼魂进来的那道门。门还是好好地上着两把锁，结结实实地锁着，就像他之前亲手锁上的那样，门闩也没有变。他正要骂一声"骗子！"但他只说了一个字，就停住了，可能是因为他刚才瞥见了那个无形的世界，或许是因为他刚才和那个愚蠢的鬼魂进行的无趣谈话，又或许是因为太晚了，他的确需要睡觉了。他直接上了床，衣服也没脱掉，倒床便睡着了。

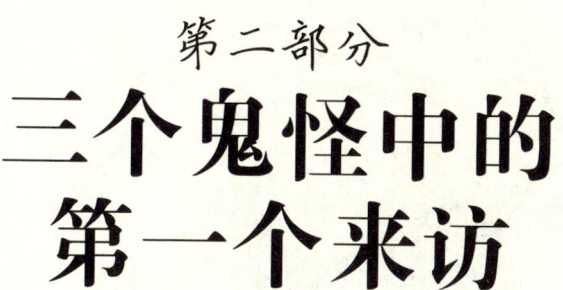

第二部分
三个鬼怪中的第一个来访

斯克鲁奇醒的时候,天还没亮,四处漆黑一片。他坐在床上朝四周张望,分不清自己那个如同胸腔的卧室,哪里是密不透风的墙壁,哪里是透明的窗户。

他用自己那如同雪貂一般明亮的眼睛使劲儿地打探着,还是看不到。这会儿,传来了附近教堂的钟声,他一下又一下地数着,一共敲了四下,他便认为是四点了。

令他非常吃惊的是,那个沉重的大钟竟然从六点敲到了七点,再从七点,敲到了八点,一直敲到了十二点,然后就停住了。十二点了!也就是他上床睡觉的时候刚两点钟。那个老钟一定坏了。必须得搞个冰锥放入那个老钟里面去。十二点!

他摸到了自己的那个老弹簧表,拨弄着弹簧,想核实下自己刚才听到的那个时间,一定不准了。那个弹簧表也快速地敲击了十二下,就停了。

"怎么回事呢?不可能啊!"斯克鲁奇说,"我怎么会睡了一天一夜呢。要是说太阳出了什么故障,现在是中午十二点,也不可能啊!"

第二部分 三个鬼怪中的第一个来访

他想到这儿,猛地一惊,慌里慌张地从床上爬起来,摸索着走到了窗户旁。他不得不用睡衣的袖子把窗户上的冰霜擦掉,才能看得清,虽然这样,他也只能看到一点点。

他能看到的也是外面大雾蒙蒙,极其寒冷,没有熙熙攘攘的人群,没有跑来跑去的嘈杂声,显而易见,从这些景象可以判断出,是黑夜赶走了白昼,占领了整个世界。这倒令人值得欣慰,因为如果没有日子可以计算的话,那么所谓的账房里的"见此第一联汇票三天后付给埃比尼泽·斯克鲁奇先生本人或是他的办事员"以及诸如此类的账单,就会因不用算天数,而变成一张不值钱的美国债券。

斯克鲁奇又回到了床上,想了又想,想了又想,一遍又一遍地想,还是想不出什么破绽来。

他想得头昏脑涨,迷迷糊糊。最后,他越是不想去想,就越是不停地出现在自己的脑海中。马利的鬼魂让他烦透了。他每次下定决心告诉自己,那只不过是一场梦而已的时候,他的头脑中就闪现出自己遇到马利鬼魂的情景,就像一根强劲的弹簧一样,把他弹回到当时的情境之中,让他再一次开始努力地思考:"那到底是梦还是真的发生了呢?"

斯克鲁奇躺在床上,数着钟声敲过了十二点四十五分。他突然想起了，马利的鬼魂曾告诉过他，一点钟的时候，会有第一位访客，他就更加清醒了。"嗯！这样一直熬到一点多钟。看看到底能发生什么。"他思忖着，与其这样受折磨，还真不如去天堂，这可能也是他最为英明的决策。

"十五分钟，似乎非常长，他竟然不知不觉地打起了瞌睡，错过了钟点。终于，一声长长的钟声传进了他的耳朵里。

"叮——咚！"

"十五分钟已经过去了啊！"斯克鲁奇一边数着，一边说道。

"叮——咚！"

"十五分钟的一半过去了！"斯克鲁奇说。

"叮——咚！"

"还剩下十五分钟的四分之一了！"斯克鲁奇说。

"叮——咚！"

"时间到了！"斯克鲁奇扬扬得意地说，"什么都没发生哦！"

这句话却是在时钟报时那一下之前说的，而最后钟声的这一个音儿，敲出的一点钟是那样的低沉、忧郁、空洞和凄凉。瞬间，整个房间里一道亮光闪现，床上的帷幔被拉了起来。

他床上的帷幔被推到了一旁，我可以这样跟你说，是被一双手推到了一旁。不是他脚那侧的帷幔，也不是后背的，而是他的脸朝着的那一侧帷幔。那个帷幔完全地被拉到了一旁，斯克鲁奇惊吓得撑起了身子，来看看那个拉开了他帷幔的访客长得如何：他和它脸对脸，就像现在我的字和你的眼睛这么近，而我的灵魂正在你的胳膊肘那儿。

第二部分　三个鬼怪中的第一个来访

来者长相很奇怪——像个孩子：等等，透过某种超自然的媒介来看，与其说它像个孩子，还不如说它像个老头儿。因为这种媒介使它从老人的外貌，缩回到孩子般大小。它的头发披散在脑后，一直拖到了肩膀上，在灯光的照射下，仿佛都变白了；不过，它的脸却没有任何皱纹，皮肤也那样光洁细腻，灿若红花。两只手臂长长的，肌肉发达；双手上也露着肌肉，好像被它握住，一定会无比疼痛一般。他的双腿和双脚非常纤细和秀美，也像上面露着的胳膊一样，裸露着。它穿着一件洁白的束腰外套，腰上的带子闪闪发光，无比夺目。它手里拿着一根新摘下来的冬青枝；但是，它的衣服下摆上插满了夏天的花朵。甚至更不可思议的是，它的头上竟然能发射出清晰皎洁的光，把这个幽暗的房子照得如同白昼般明亮。无可厚非，这道光也就是它为什么会在幽暗的环境里需要用一个巨大的灭火器当帽子，这东西正夹在它的胳肢窝下。

斯克鲁奇已经仔细地看了它一会儿，还是弄不清楚它身上的很多地方。因为它的腰带一会儿一部分闪闪发光，一会儿又有另外一部分闪闪发光，一会儿这里亮一下，一会儿那里亮一下，所以刹那间，你总觉得它在不停地变幻着：一会儿只有一只胳膊，一会儿只有一条腿，一会儿又有了二十条腿，只见腿，却见不到头，一会儿只能看到它的脑袋，却看不到身体；那些消逝的部分，融入了漆黑的黑暗中，看不到任何痕迹，仿佛被切割掉了似的。当你非常怀疑的时候，它的消失的身体部分就又出现了，像原来一样，看得清清楚楚的。

"先生，您就是那位鬼怪访客吧？您是被告知要来的那位吗？"斯克鲁奇问。

"正是。"

那个鬼怪发出的声音温柔而亲切。声音很低,仿佛声音不是从他的旁边传来的似的,而是从遥远的地方传来的。

"您是谁,要干什么?"斯克鲁奇接着问道。

"我是以往圣诞节的鬼魂。"

"多久以前呢?"斯克鲁奇问道,同时警惕地打量着面前的这个小个子。

"不,是你的过去的。"

如果有人问斯克鲁奇这是什么意思,或许他也无法说出什么所以然来。不过,他有个强烈的愿望,就是想看看这个鬼怪戴上帽子会如何,他乞求鬼怪能把帽子戴上。

"什么意思?"这个鬼怪大叫着,"你怎么会想到能用你那双世俗的双手把我带来的光熄灭呢?美中不足的是,你也是那些用激情制作了帽子的人,并强迫我一年到头地戴着,好让它压低我的眉毛。"

斯克鲁奇恭恭敬敬地否认自己的意图,并佯装自己所有的人生中,就是有一百个胆儿,也不敢冒犯鬼怪,妄图给它戴上帽子,挡住它的视线,"破帽遮颜"这档子事儿,他才不会干呢。接着,他鼓起勇气,询问这个鬼怪来访有何贵干。

"为了你的福祉!"这个鬼怪说。

斯克鲁奇虽然嘴上说着感谢的话,可实际内心却在想,要是能让他不被打扰地休息,才是真的对他好,才真的是为了他的福祉呢!这个鬼怪一定知道他在想什么,因为它马上说:

"那么,就为了你重新做人吧。请当心哦!"

它一边说,一边伸出了它那强而有力的手,轻轻地抓住了斯克鲁奇的手臂。

"起来!跟我走!"

要是斯克鲁奇辩称说天气寒冷,时间不对,床上暖和,温度已经降到了零下,他只穿了拖鞋、睡衣和睡帽,碰巧那时他正感冒了等借口,都无济于事。它的手虽然纤细,如同女人的手,但被它抓住了,就撒不开了。他从床上站了起来,但一发现这个鬼怪朝着窗户走去,他便紧紧地抓住它的长袍,恳求着:"我只是一个凡人,会掉下去摔死的。"

"只要让我的手在这里碰触一下就好,"鬼怪说着,就把手放在了斯克鲁奇的胸口上。

"你就会得到不止一种支持哦!"

刚说完这句话,他们就穿过了那面墙,来到了乡下的一条开阔道路上,四周都是田野。城市完全消失了,没有任何城市的痕迹。迷雾和黑暗也消失得无影无踪。他们所站的地方,正是一个晴朗、寒冷的冬天,冰雪覆盖着大地。

"我的天啊!"斯克鲁奇十指交叉在一起,向四周边看边说,"我就出生在这里,我是在这里长大的!"

鬼怪慈眉善目地盯着他。虽然它刚才的轻轻碰触,又短又轻,那种感觉似乎仍然保留在这个老人家的所有感觉中。空气中弥漫着上千种味道,每种气息都是令他魂牵梦绕的味道,他已很久没有闻到那淡淡的味道,那是充满了希望、快乐和忧愁的味道,他似乎已经淡忘了它们。

"你的嘴唇在发抖哦!"鬼怪说,"你的脸颊上又是什么呢?"

第二部分 三个鬼怪中的第一个来访

斯克鲁奇带着不同寻常哽咽的语调，喃喃地说："是个粉刺。"他请求这个鬼怪带他去想去的地方。

"你记得这条路吗？"鬼怪询问道。

"当然记得！"斯克鲁奇兴奋地大嚷着，"我闭着眼睛都能找到。"

"真奇怪，你竟然把这里遗忘了这么多年，"鬼怪说，"我们往前走吧！"

他们沿着那条路走着。斯克鲁奇认识那里的每一扇门、每一个柱子、每一棵树。直到他们看到了远处的一个小镇，那里有一座小桥，还有弯弯的流水，耸立着一座教堂。几个男孩骑着鬃毛蓬松的小马驹，朝着他们奔驰而来，那些孩子正对坐在农夫们轻便马车上的孩子们打着招呼。孩子们都兴高采烈的，吵吵嚷嚷的，大声地喊叫着，似乎整个原野都充满了他们制作出的快乐音乐，清新的空气听着这些声音也笑弯了腰。

"这些都不过是过去的老时光的缩影而已，"鬼怪说道，"他们不会看到我们在这儿的。"

一群欢蹦乱跳的旅客们来了，当他们走近的时候，斯克鲁奇认出了他们，知道他们每个人都叫什么名字。为什么他看见了他们，是那样无限地欢喜呢？为什么他的那双冷酷的眼睛散发出了光芒呢？他的心脏为何怦怦地跳呢？那些人在十字路口分别，各回各家的时候，要彼此互相问候说着什么"圣诞快乐"的话呢？

对斯克鲁奇来说，快乐是怎样的呢？滚吧，圣诞快乐！这个节日对他们有什么好处吗？

"那所学校里还有人在，"鬼怪说着，"一个被朋友冷落的孩子，

孤零零地待在那儿,他的朋友都不理睬他。"

斯克鲁奇说他认识那个孩子,并开始呜咽起来。

他们离开了那条大路,拐进一条非常熟悉的胡同。很快,他们就来到了用红砖建造的大楼前面,楼顶有一个钟形小阁,上面装着风向标,里面挂着一个大钟。这是个大房子,不过因为宽敞的房子无人使用,窗户都坏了,四处漏风,墙壁上长满了青苔,破败凌乱。一大群鸡鸭正在马厩里大摇大摆地散步;马车棚和棚屋都长满了杂草。你一进入大厅,就会看到屋内的景象一片狼藉,虽然屋子里的家具还摆放在老地方,从打开的各个房门看进去,就能发现里面的布置非常简陋,阴森森的,无比空旷。空气中散发着泥土的味道,这地方透着阴寒的荒凉,冥冥之中,让人联想到那些点着蜡烛早早起床劳动,却食不果腹的艰苦岁月。

斯克鲁奇和那个鬼怪走过门厅,走到了后屋的一扇门前。门突然开了,映入眼帘的是几排没有涂抹过油漆的长板凳和书桌,除此就没有其他东西了,家徒四壁,整个房间显得非常空旷。在一张书桌前,一个孤零零的男孩,正凑近微弱的灯光读书。斯克鲁奇坐下来,泪眼婆娑地看着那个自己已经遗忘了很久的自己,这个男孩就是过去的他。

第二部分 三个鬼怪中的第一个来访

这个房间里隐藏的各种回音，没有哪个声音不在他的耳边响起：墙壁镶嵌板后面老鼠发出的吱吱叫的声音；嘈杂的后院传来被冻坏的水管漏水的声音；那棵沮丧的白杨树，掉光了所有的叶子，在那里发出阵阵的叹息声；一间空储藏室的门，被风吹动，发出一阵的咣当声；还有，壁炉里的火，发出噼里啪啦的声音。这些都是那么熟悉地烙印在了他的心里，使他的心变软了，让他泪如泉涌，止也止不住。

那个鬼怪碰触着他的胳膊，用手指着他小时候专心读书的样子。蓦地，一个男人出现了，他穿着国外的服装，非常逼真，清晰地站在窗外，腰里插着一把斧子，手牵缰绳，牵着一头驮着木柴的驴。

"怎么会，那是真的阿里巴巴！"斯克鲁奇兴奋地大喊着，"那是亲爱的，诚实的老阿里巴巴！是的，的确是，我认识他！记得，有一年过圣诞节，我还是个孤独的孩子，只剩下我一个人在这里的时候，阿里巴巴曾经第一次来到了这里，就像这回我看到的一样。可怜的孩子啊！那是他一直梦寐以求看到的人啊！"斯克鲁奇说，"瓦伦丁和他那个鲁莽的哥哥一起走来！还有一个人，他一时想不起那人的名字了，他睡着了，被人扒光了衣服，被人放在了大马士革的城门外；你看见那家伙了没有啊！还有那个苏丹的马夫，被魔鬼附体，让他不停地倒立着，看啊，他现在正在头朝下地倒立着呢！真是罪有应得。我真高兴。他有什么权利娶到公主啊！"

他在伦敦城里的那些狐朋狗友要是听到了他的这些真情流露，一定会一会儿大笑，一会儿大哭，而且满脸涨得通红。他的这些异常兴奋的表情，一定会被他吓坏的。

"看那只鹦鹉！"斯克鲁奇大叫了起来，"鹦鹉很特别，绿身体，黄尾巴，头顶着一撮莴苣菜似的。他就在那里！可怜的鲁滨孙·克鲁索绕着地球周游一圈后，回到故乡的时候，这只鹦鹉就在大叫"可怜的鲁滨孙·克鲁索，你去哪了？鲁滨孙·克鲁索。"那人本以为自己在做梦，但那不是梦，是真的现实。那只鹦鹉在叫他，你懂的，所以那是千真万确的现实。

这时，他与往日判若两人，快速地转过脸来，怜悯着那个从前的自己，"可怜的孩子！"斯克鲁奇再次哭了。

"我希望……"他喃喃地说着，同时，把手伸进了裤子口袋里，看着那个儿时的自己，从裤子口袋里拿出手绢，擦干了泪水。

"可是，现在太晚了！"

"什么太晚了呢？"鬼怪问到。

"没什么，"斯克鲁奇说道，"没什么，只是有个男孩昨晚在我的门外唱着圣诞颂歌，我那时候，本该给他一些东西的。"

那个鬼怪若有所思地微笑着，一边挥手，一边说道："让我们看看另外一个圣诞节吧！"

鬼怪刚说了这句话，过去的斯克鲁奇就从一个小男孩长大了，房间也变得更加黑暗了，更脏了。墙上的镶嵌板开始缩水，窗户开始裂开；棚顶的泥灰开始一片接着一片地掉下来，露出了里面一根又一根的板条；但是，这一切是怎么变幻的，我想斯克鲁奇知道的内容，并不如你知道得多。他唯一知道的是，这里千真万确就是当时的真实情景；他又是独自一人待在那里，所有的学生都回家过圣诞节了。

这会儿，他没在看书，而是非常绝望地走来走去。斯克鲁奇看了看鬼怪，摇了摇头，充满焦虑地朝门口张望。

第二部分 三个鬼怪中的第一个来访

门开了,一个小女孩飞快地跑了进来。她比男孩小得多。她伸出双臂,拥抱着男孩,一再吻他,称他是她的"非常亲,非常亲的哥哥"。

"亲爱的哥哥,我是来接你回家的,"小女孩拍着自己的小手,笑弯了腰,"我是接你回家的,回家的,回家的。"

"回家?小芳。"男孩回答说。

"是的!"小女孩欢欣雀跃地说着,"金窝银窝,不如自己的小狗窝,哪里也比不上家里温暖。爸爸变得比以前好了,现在的家,就像个天堂。有天晚上临睡前,他温柔地对我说晚安,如果你回家的话,我可以要求他再那样对待我们一次;我曾和他确认过,他向我做出了保证,他会那样做的。你也应该感受一次他的善意,这是你应得的。他把我送上了四轮马车,让我来找你回家过节。你现在变成了一个男人了!"小姑娘甜甜地说着,大睁着眼睛,"不过,你要保证,永远不要再回到这里了,我们会永远在一起过圣诞节的,一起过一个漫长的假期,我们会一起度过全世界最最快乐的日子。"

"小芳啊!你已经长大成人了!"男孩大声地说道。

女孩拍着双手,笑着,想要摸一摸他的头,但她的个子太矮了,于是就大笑了起来,只能踮起脚尖拥抱他。接着,她撒娇地拽着他,朝着门口走去;而男孩,没有丝毫不情愿的样子,傻呵呵地跟着她走了。

从门厅里传来了一阵可怕的喊叫声:"嗨!伙计,把斯克鲁奇少爷的箱子从马车上搬下来!"

接着,校长出现在了门厅里,他那凶巴巴的眼神,瞪着斯克鲁奇少爷,伪善地和他握手。斯克鲁奇的心都提到了嗓子眼儿。于是,校长把他和他的妹妹,运送到了最像古井一样恐怖的地方,就是那个最好的客厅。在那里,你能看到墙壁上的地图、天球仪和地球仪摆放在窗台上,冻得像蜡烛一样苍白。校长拿出一个酒瓶,里面装着如同白水的酒水,一块无比沉重的蛋糕,把这佳酿和美食分给了哥俩儿。同时,校长还吩咐一个瘦骨嶙峋的仆人,取来一杯"那个东西",送给车夫,那个车夫回答说,谢谢这位老爷。可是,如果他知道"那个东西"和他以前喝过的饮料一样的话,他宁愿不要了。斯克鲁奇的皮箱已经被捆绑在了马车顶上,两个孩子很开心地向校长道别;接着,他们就钻进了马车里。马车载着他们,欢快地沿着校园弯弯曲曲的小路,快速旋转的车轮,摩擦着黑黢黢的常青树的树叶,把树叶上的白雪打落下来,像喷射而出的浪花一样四处飞溅着。后来,马车扬长而去。

"她总是那么柔弱,仿佛一口气都可以把她吹倒,"鬼怪说着,"不过,她却有一颗强大的内心!"

"她的确是这样,"斯克鲁奇大喊着,"鬼怪,你是对的,我不否认这点。往往天公不作美!"

"她结婚后没多久就死了,"鬼怪说,"而且,据我所知,她还生了一个孩子。"

"是的,生了一个孩子。"斯克鲁奇回答。

"的确如此,"鬼怪说着,"那个孩子就是你的外甥!"

斯克鲁奇看起来很不安,只是简单地回应道:"是的。"

虽然他们刚刚离开了学校,但现在却不知不觉处在城镇的热闹大街上了,那里人来人往,车水马龙,川流不息。凡是城市有的那种嘈杂混乱,在这里都能看得到。再清楚不过的是,当你仔细打量那里的每个商店的装饰,就能发现,又过圣诞节了。只不过,那会儿正好是夜晚时分,因为街道上灯火通明。

鬼怪在一家商店门前停住了脚步,它问斯克鲁奇是否仍记得这个地方。

"怎会忘记!"斯克鲁奇说,"我不是在这儿当过学徒吗?"

他们走了进去,一位老绅士正戴着"威尔士假发",坐在一张高高的桌子后面,他坐得那么高,要是再高出两英寸的话,一定就能碰到天花板了。

斯克鲁奇一看到他,就异常兴奋地大喊了起来:

"我的天啊!这不是老费茨威格吗?感谢上苍,他竟然又活了!"

老费茨威格放下手中的钢笔,抬头看了看钟表,现在是七点了。他搓了搓手,整理了身上那件宽大的马甲,从他的鞋子到掌管他仁慈的大脑,都在笑,他用自己那舒畅的、圆润的、丰满的,又无比快乐的声音叫道:

"呦呵!伙计们来啊!埃比尼泽!迪克!"

那个时候的斯克鲁奇已经长成了一个青年人,他正迅速地走了过来,后边跟着他的师弟。

"那位就是迪克·威尔金斯啊!"斯克鲁奇对那位鬼怪说道,"上帝保佑,是的,就是他。迪克过去和我是好朋友。可怜的迪克!亲爱的伙伴,亲爱的!"

"呦呵!孩子们!"老费茨威格说道,"迪克,埃比尼泽!今晚不用干更多的活儿了，因为今天是平安夜。让我们把窗板上起来，打烊了！"

老费茨威格说着，双手拍了一下，这个掌声很响亮，"说干就干，我们都不会给杰克罗宾逊喊一嗓子的机会！"

你一定无法相信那两个伙计是怎么干的活儿！他们从一数到三，就立刻把窗板拿到了外面，瞬间就把窗板安装好了，当你从数四、五、六——他们就上好了门栓，扣好了——七、八、九——在你还没喊出十二个数的时候，他们就像两匹赛马一样，飞快地跑了回来。

"嘿哟，呵呵！"老费茨威格大声地喊着，从高高的桌子后面，非常敏捷地跳了下来。"孩子们，把东西搬开，我们好腾出一大块儿地方，呵呵，迪克！啧，啧，啧，埃比尼泽！"

在老费茨威格的监视下，没有什么东西不被搬走，或者说不能移开的，他们在一分钟内就把房间清理出来了一块儿空地儿！每一件能被移动的物品，都被捆扎搁置好，宛若那些物品永远都不再使用了一般。地上被清扫干净，撒上了水，灯芯也修剪好了，壁炉里也填满了柴火。于是这家店铺就变成了一个无比温暖，灯火辉煌，干净整洁的舞厅了，正如在冬日的夜晚，你一直渴望去的那种地方一样。

这时，一位小提琴手，拿着乐谱，登上那高高的桌子。瞬间，把那张桌子就变成了一个演奏台，他拨弄着琴弦，仿佛发作了五十次胃痛一样，吱吱嘎嘎的，终于调试好了小提琴的音调，独自组成了一个乐团。一会儿，老费茨威格太太满脸堆笑地走了进来，后面跟着六个年轻人，三个姑娘，三个小伙子，各个都英姿飒爽的。这些年轻人都是这个店铺的伙计们。女仆带着她那做面包的表哥也来了，女厨带来了哥哥特别要好的朋友——他是个牛奶工。店铺对面的一个男孩儿也

第二部分 三个鬼怪中的第一个来访

来了，大家都在猜测，他的主人是否没让他吃饱。现在，他正企图藏在隔壁女孩的背后。而那个女孩的耳朵一定刚刚被她的主人给揪过，因为还是红红的。他们一个接着一个的，全都进来了。有些人蹑手蹑脚的，有些人冒冒失失的，有些人温文尔雅的，还有些人笨手笨脚的，有些人向前推，有些人向后退，这个房间一次容纳了二十对儿客人。因为太拥挤，手只能伸展开一半儿的距离，然后再从另外一个方向绕回来，大家手拉着手，围成一个圈，每个人跳到半圈的时候，再分向两旁。大家一圈又一圈地跳着，热情高涨，爆发出阵阵的笑声；最开始领头的那对儿总是出现在错误的地方，而后面的一对儿没再跟上，新的领头的一对儿，跳到那里的时候，就又重新开始跳了。最后，全都是领头的了，就没有后面配合的一对儿了。等到出现了这种场面的时候，老费茨威格就会大声地拍着手，喊着："跳得真好啊！"演奏的那个小提琴手，才能抽空把自己那张又红又涨的脸伸进一盆波特啤酒里，那啤酒是特别为他准备的。接着，一等到他重新露出脸来，就又开始马不停蹄地演奏起来，虽然这时候，大家还没跳舞，他也演奏得非常卖力。仿佛之前的那个小提琴手喝得酩酊大醉，被抬回了家，现在又重新换了一位小提琴手一样，而且比之前的那个小提琴手，演奏得更加卖力，更加精彩。如若不这样做的话，他宁肯消失或者死去一般。

他们跳了一圈又一圈，累了就玩"罚物游戏"，然后再接着跳舞；跳完后，饿了就吃蛋糕，大口地喝着尼格斯酒，还吃一大片的烤牛肉，再吃一大片的煮牛肉，吃香喷喷的碎肉馅饼，还喝了很多啤酒。那天夜晚的高潮，是吃完了烤牛肉和煮牛肉后，才出现的。当小提琴手

（当心，他比狗还机灵！这些艺术人比你和我更能捕捉人们的心思！）演奏起了那首《罗杰·德·克夫里爵士》曲的时候，老费茨威格邀请他的太太共舞，他们这对儿成了舞池中领头的了。对他们来说，这可真是一项非常艰巨的任务。因为，那里有二十三四对儿舞伴儿，都不是简单的舞者哦！他们可都是来跳舞的，而不是来散步的。

然而，如果那里增加了一倍的人，不对，或者增加四倍的人，老费茨威格也能打败他们，正如费茨威格太太所认定的那样。因为对她来说，无论从哪个角度来看，她都是他最合适的舞伴儿搭档！如果这句话不是最好的夸赞，那么估计就找不到更好的赞美词了。我认为这种夸赞，最贴切。费茨威格夫妇的小腿，似乎发出了灿烂的光芒一般，在跳舞的时候，跨出的每一步都像月亮散发出了亮光一般，照耀着大家。无论何时，你都无法预测到那两条腿会跳出什么花样来。当费茨威格夫妇跳完了整个舞曲的时候，在场的人都着了魔似的挽起了舞伴儿的手臂，

第二部分 三个鬼怪中的第一个来访

滑入舞池，一进一退，一个鞠躬，一个行礼，一个屈膝礼，再来一个螺旋形的旋转，再来一个"穿针引线"姿势，然后回到原来的位置上；老费茨威格就来个"空踢"——踢得那么娴熟灵巧，仿佛那两条腿长了眼睛似的，然后再稳稳当当地双脚着地。所有动作都非常完美！

钟声敲响了十一下，这场精美的舞会才宣告结束。老费茨威格先生和太太，分别站在门口的两侧，每个人出去的时候，他们就和每个人握手，道别，祝福圣诞快乐！当其他人都离开了，只剩下两个学徒的时候，他们俩也对学徒说着祝福的话语。悠扬悦耳的声音终止后，这两个小伙子，就爬到了店铺后面柜子的床上，睡觉去了。

斯克鲁奇就像一个魂不附体的人一样，呆呆地站在那里，再次重温当时的那个美好的过程。他的全部身心都进入了那个场景，他和以往的那个自己再次重逢了。他重温了每一件事，回忆了每一件事，感受了每一件事，欣赏了每一件事，最最重要的是，他对每一件事都激动不已。直到现在，当他看到当年的自己和迪克的脸转过去时，才意识到，现在站在自己身旁的是那个鬼怪。透过鬼怪头顶的无比刺眼的光线，他才意识到，那个家伙正在全神贯注地看着他。

"没什么大惊小怪的，"鬼怪说道，"就让这群傻子充满感激之情吧！"

"够令人震惊的！"斯克鲁奇说。

鬼怪让他凑近前，听一听两个伙计的谈话，他们正在由衷的赞叹费茨威格夫妇。

它听到了两个小伙子的谈话。鬼怪说："哎呀！难道不值得人们称赞吗？他只不过花了几英镑你们这帮俗人们的钱，可能也就三四英镑吧！大家就被哄得如此开心，对他赞叹不绝。他收获得不多吗？"

"也不全是这样，"斯克鲁奇无比兴奋地说道，不知不觉他就回到了潜意识当中过去的那个自己了，而不是后来的那个他了，"鬼怪，不完全是那样，他具有某种让我们快乐的魔力，也有能力让我们感到不快乐。他能唤起我们工作的热情，当然，他也有让我们感到厌烦的时候。我们时常开心，时常受苦。如果说他的魔力存在于言语和表情之中，那么他所加给我们的那些痛苦也都如风尘一般，被他的爱意吹拂而去了。那又如何呢？他所给予我们的快乐，永远无法用金钱来衡量的，那些快乐是我们一生中最大的财富。"

他感受到了鬼怪眼中惊奇的目光，于是就没再往下讲。

"出了什么事儿呢？"鬼怪问。

"这些都不重要了。"斯克鲁奇说。

"我以为，有些事情，难道不是吗？"鬼怪坚持追问说。

"没了，"斯克鲁奇说，"没了，我现在真想和我的办事员说一两句话！就是这件事情。"

当斯克鲁奇这么吐露自己的心声的时候，画面中以前的那个他熄灭了马灯，睡觉了。于是，斯克鲁奇和鬼怪再一次肩并肩地站在了室外的开阔空间里。

"我的时间不够了，"鬼怪提醒道，"快！我们需要抓紧时间！"

它的这句话不是对斯克鲁奇说的，也不是对他能看到的那些人说的，而是敦促他们周围的景象立刻发生了变化，仿佛变魔术一般，又一幅景象出现在了他的面前。现在斯克鲁奇看到的这幅画面里的自己已经完全长大了。现在他是个男人了，年轻力壮。那时候，他的额头

还没有被岁月刻上皱纹,但已经被无情地蒙上了贪婪和忧虑的神情,焦虑的双眼无时无刻不在转动着,各种欲望的种子已经深深地置于内心,而那些种子即将长成参天大树,成为遮蔽他的巨大暗影,让他淹没其中。

这会儿,他正坐在一位穿着丧服的年轻美丽的姑娘旁边,姑娘满眼噙着泪水,鬼怪头上的光,把姑娘的泪水照耀得光彩夺目,亮闪闪的。

"对你来说,只是一念之转的小事儿,"姑娘柔声细语地说,"真的是小事儿一桩。你已经被另外一个偶像取代了,那个偶像在未来能给你带来幸福和快乐。我会放开你的,我也不用像现在这么伤心了。"

"被什么偶像取代了呢?"青年问。

"金钱做成的偶像。"

"这都是这个现实的世界造成的!"他说,"这个世界上没有什么比贫穷更苦的了,在这样一个人人都追求金钱财富的世界,你如果没有财富,就猪狗不如。"

"你太怕这个现实世界了,"她温柔地说道,"你所有的希冀都变成了一个,那就是避免被这个肮脏的金钱社会遗弃和责备。我已经见证了你以前所有的高尚志向都像肥皂泡一样,一个接着一个地破灭了。你现在剩下的志向就是你的金钱欲望,唯利是图,你已经被这些肮脏的交易侵蚀了。我说得对不对呢?"

"那又怎样呢?"他反驳道,"只有这样,我才能变得聪明,否则怎么办呢?我对你可是全心全意的,没变心。"

第二部分 三个鬼怪中的第一个来访

她摇了摇头。

"难道你看不出来我对你的真心吗?"

"我们很久前就订了婚约。当时我们都还一贫如洗,我们也非常安于贫穷,幸福快乐。我们勤勤恳恳,任劳任怨地劳作,希冀通过自己的努力,来改变我们当时的困境。而当我们变得有钱的时候,你却变了,变得像另外一个我不认识的人似的。

"我那时还是个孩子。"他不耐烦地说。

"你自己的感觉也能告诉你,你完全变了,"她继续说道,"我看得千真万确。我们贫穷的时候,你信誓旦旦地说,会给我幸福,那时候我们俩是一条心;而现在,富有了,我们俩完全不是一条心了。我经常深切地感受到了这一点,只是没有说出口而已。现在,我终于想清楚了,我们分手吧。"

"我从未提过分手呀?"

"还用你当面告诉我吗?不用,你的行为已经告诉我了。"

"什么,我怎么不知道呢?我哪里变了?"

"你的性情变了,你的精神和追求变了,生活的氛围变了,你把另外一种所谓的'崇拜金钱的希望',当成了你的一切。在你的眼里,除了金钱,已经没有了我对你的爱情,甚至根本没把这可贵的感情放在心上。如果我们俩之间还有点儿什么的话,那也是很久以前,我们贫穷时候的'爱情',而现在,你的金钱欲望,已经把我们给毁了,"姑娘缓慢而幽怨地说着,"那么,你告诉我,你现在还能不顾一切地追求我,把追求财富弃之不顾吗?啊哈!不,你再也不会那么做了!"

虽然他内心抗拒着姑娘的这一推测,但他却不由自主地承认了。

他努力地解释说:"是你认为我不会。"

"我倒是希望自己不这样想,"她回答说,"只有老天知道!当我感悟到了这就是现实的时候,你不知道,我是受到了多么强烈的刺激。即使是这样,如果你在昨天,今天或明天解除了婚约的话,我都会相信你会选择我这个没有嫁妆的姑娘呢?——只有你自己知道,在你骗取了我的芳心的时候,还在暗地里衡量我的利用价值和能获得多少好处,我真不知道,你在做出了所有的肮脏事情后,总是在用金钱去衡量自己的收益。否则,如果你选择了我,你也只是偶然失误地违背了你的原则,你会懊悔万分,后悔不已,难道不是吗?我都知道你的这些想法。所以,我要与你分手。虽然我曾那么深深地爱过你,可是,

现在，一切都过去了。"

他正要开口说话，可她已转过了头，往下说着。

"或许——有关我们过去的回忆，我半信半疑地希望，你或许——对此会感到轻微的痛楚，而这种痛苦只是非常非常短暂的现象，你会把它视为是一个无利可图的梦魇，很快就会把这段回忆抛之脑后的。你会非常庆幸从梦中醒来的。我祝愿你为自己所选择的生活而感到幸福！"

她离开了他，从此以后，他们分手了。

"鬼怪啊！不要再给我看了，我不想看了！求你了！"斯克鲁奇说，"我们回去吧！你为什么这么折磨我呢？"

不过，这个无情的鬼怪却用双臂把他抱住，强迫他往下看。

这会儿，他们来到了另外一个地方，一幅崭新的画面映入眼帘：那是一个不太大的房子，不华丽，但看起来舒适温馨。一位美丽的姑娘正坐在火炉旁，她长得很像刚才遇到的那位姑娘。斯克鲁奇刚开始的时候，还误以为是同一个人，而等他看清了她的长相后，才发现，现在的她已变成了一位温文尔雅，端庄有礼的主妇。她的女儿正坐在她的对面。房子里面吵吵闹闹的，因为还有很多其他的孩子。现在的斯克鲁奇，心里像打翻了五味瓶一样，他魂不守舍地看着，他感觉孩子们比想象的多，数不过来。更何况，那些孩子们不像那首赞美诗里所写的那样，他们不是四十个孩子行动起来像一个，而是一个孩子窜来窜去的，像有四十个孩子那么多。所以，整个房子里出现了难以置信的混乱。然而，每个人都似乎不在乎；与之相反，那位母亲和女儿却面带笑容，非常陶醉在这些欢闹的孩子中。不一会儿，母亲和女儿也和其他孩子们一起打闹了起来，玩起了游戏。那群"小强盗"无情

第二部分 三个鬼怪中的第一个来访

地展开了对她们的抢夺游戏。要是我能成为他们一员的话，你给我什么，我也不换！因为那种快乐是多少钱也买不来的。虽然如此，我却不会像他们那样鲁莽，不！不！不！就算你给了我所有的财宝，我也不会把她头上的小辫子给弄坏，也不会给扯下来。至于那些可爱的小鞋子，就算上帝要了我的命，我也不会把它们给脱下来！真的是玩疯了！别提其他的游戏活动了，还有一个量一量腰围的活动，如同那些小调皮捣蛋鬼们做的那样，我真的受不了；我真希望有一双足够长的手臂，能够环绕着她们所有的腰肢，再也不撒手，以示对她们的惩罚。但是，我还会因为对她的喜爱，而亲吻她的嘴唇，逗她说话。她若闭眼，那浓密的眼毛一定会遮挡住她那双美丽的双眼，而不会让她脸红；还有她那松散的波浪长发，每一寸都是宝。总之，我真希望也能变回到孩子，可以任意地放纵，天真无邪，同时，又能像成人那样，权衡这种可贵之处。

只不过，传来了一阵匆忙的敲门声，连带着用力地撞门声。姑娘也满脸堆笑，拖着那被"折磨过"的长裙，加入到了那群涨红了脸、高声嚷嚷的孩子群中，立刻奔向那位回家的父亲那里。父亲回家了，他后面还跟着一位带着圣诞礼物的人。下面发生的事情，让人更受不了了。吵吵嚷嚷的孩子们，似开闸的洪水一般，冲到了父亲和礼物人那里，大肆地抢夺着礼物！他们把椅子当成了梯子，爬了上去，从椅子上爬到他

第二部分　三个鬼怪中的第一个来访

的身上，深入他的口袋，找寻着棕色的纸包，用力地拽着他的领子，搂着他的脖子，捶着他的后背，非常热情地踢着他的腿。当每个孩子打开了礼物包装纸的时候，整个场面更是失控了，他们兴奋地大喊着！似乎都快鼓开了房子盖。非常让这群人闭不住嘴的是，一个男孩把洋娃娃的平底锅放入了嘴里，他还吞下了一只粘贴在木盘里的火鸟。所有人都被他的行为吓呆了！还好，那只不过是逗人们笑的把戏！人们都深深地松了口气！所有人都被他逗乐了！一起大笑、欢呼和感动！每个人的脸上都洋溢着同样的表情。最后，孩子们都满脸挂着笑，一个个离开了客厅，一步一步地跨上楼梯，爬到房屋的顶层，上床睡觉去了。直到现在，房子里才安静下来。

这会儿，斯克鲁奇比以往任何时候都看得认真。房子的主人正和老婆坐在火炉旁。女的依偎在男的怀里。这让斯克鲁奇想到了同样的场面，他也曾和这个姑娘依偎在一起，同样温暖。虽然是在凄凉的冬天，但却让他感受到了春天般的温暖。斯克鲁奇看着，看着，泪眼婆娑，视线模糊了。

"蓓儿！"丈夫对妻子说，"今天下午，我看到了一位老朋友。"

"谁呀！"

"你猜一猜！"

"胡闹，我怎么能猜得到呢？"她深深地喘息了一口气，笑了笑，他也笑了笑。"是斯克鲁奇。"

"是的，正是斯克鲁奇先生。"丈夫说，"我正好路过他的事务所的门口，看到里面还点着蜡烛，于是，偷偷地瞄了一眼。"

"鬼怪!"斯克鲁奇一边哭一边乞求说,"快带我离开这里吧!"

"我曾告诉过你,这些事情都是在重现过去,"鬼怪说着,"当时的场面的确如此,你不用责怪我哦!"

"带我离开吧!"他请求着,"我实在受不了了。"

他转向鬼怪,那个鬼怪正在打量着他的脸,那张脸正在按照某种奇怪的方式发生着变化,仿佛瞬时变出了千百张面孔,像一座山一样堆在一起。他和它扭打了起来。

"放开我!带我离开!别在难为我了!"

在他的不断撕扯中,如果那还称得上是扭打的话,你只能看到他在不停地动,而那个鬼怪却稳如泰山地站着,任凭他随意地挣扎,面不改色。斯克鲁奇感觉那个鬼怪头上的光亮更刺眼了,似乎变得更有能量了,因为光亮更高,更明亮了。他猛然意识到,一定是鬼怪头上的光亮让他在受罪,于是他抓起一个熄灯器,便罩在了鬼怪的头上。

那个鬼怪在熄灯器下,身体瘫软,整个身体也被罩住了;不过,斯克鲁奇因为出奇愤怒,把所有能发泄的愤怒和力气都用在了那上面,拼命地往下按着熄灯器,他本想不让一丝光亮露出来,但却无法罩住所有的光亮。最后,那光亮如同开闸的洪水一样,流淌并溢满了一地。

现在的斯克鲁奇,已疲惫不堪。他被一阵无法抵挡的睡意压倒;慢慢的,他发现他又得回到床上了。他对那个"熄灯器"用力地一抓,松开了手。他用最后一丝力气,回到了床上,于是他便沉沉地酣然入睡了。

第三部分
三个鬼怪中的
第二个来访

　　斯克鲁奇从震耳如雷又断断续续的鼾声中醒来,坐在床上,想要弄清楚是梦还是现实。因为他想知道,钟声是否快要再次敲响一点钟了。他认为在这个至关重要的时刻恢复意识,有其必然的理由。那便是马利的鬼魂提前通知过他的,第二个鬼怪会来访。不过,他一想到这次来的鬼怪不知是会掀起他的哪一侧帷幔,为此,他开始担惊受怕,浑身发冷。于是,他把帷幔的每一侧都打开了,然后再躺了下来,确保他能一眼看到整个床周围的东西。他这样做的目的是,当这位鬼怪出现的时候,他不至于被吓了一跳。他不希望又一次毫无防备地被鬼怪吓到,也不希望再像上次那样非常担心和害怕,浑身颤抖。

　　有一类风流倜傥的先生们,总是夸口有两下子,声称能随机应变,无论遇到什么事情,在他们那里都能给摆平。无论是投掷硬币,还是杀人,他们样样在行,用此来彰显他们的能力之广。无疑,在投掷硬币和杀人游戏之中,还有相反的另类,更多全面和广泛的事情值得他们彰显。请别放在心上,我不能说斯克鲁奇有这种能力,但我可以让你相信,他已为第二个鬼怪的来临做好了准备,无论是婴儿还是犀牛,他都不会再被吓到的。

第三部分 三个鬼怪中的第二个来访

现在，万事俱备，只等鬼怪的出现了。因此，当钟声敲响了一点钟的时候，鬼怪却没有出现之时，他便全身猛烈的颤抖。五分钟过去了，十分钟过去了，一刻钟过去了，那个鬼怪还是没来。所有的时候，他把重心都放在了床上，只是看着能被灯光照亮的地方，这片灯光犹如一条红色的溪流，流淌在他的周围，他处于红光的中心。他悄然地等待着那个鬼怪的来临。正因为他的周围都是红光，才会让人以为比一打儿的鬼怪更恐怖，因为他总会不由自主地联想到目前的样子是自燃，更像是被大火焚烧着，甚至没人知道他正在面临着什么样的遭遇，也没人送来安慰和帮助。最后，他开始思忖，无论怎样——正如你或我都会那么思考的那样，很多不身处苦难之中的人，才知道怎么办。旁观者清！我只能说，最后，他开始考虑这些光可能是从隔壁的房子里传来的。他顺着光源望去，仿佛这些光的确是从那里冒出来的。他满脑子都是这个想法，于是，他从床上轻轻地爬起来，趿拉着拖鞋，走到了门口。

他的手刚碰到门锁的时候，一个奇怪的声音传来，那声音正呼唤着他的名字，吩咐他走入，他似乎被催眠了一样，跟着声音走入了那个房子。

毋庸置疑，那是他的房子。不过，房子已然发生了令人无法相信的变化。墙上和天花板上都长满了绿植，看上去像个小果园；到处都长满了红红的，水灵灵的果子；青翠碧绿的冬青、槲寄生和常青藤反射着耀眼的亮光，宛若许许多多的小镜子正从各个地方发出了光亮！壁炉里蹿着旺火，轰隆隆嘶嘶燃着的火苗朝着烟囱猛入。斯克鲁奇有生之年从未看到过这个死气沉沉的壁炉会如此的辉煌，无论是他独自一人住，还是马利活着的时候，甚至无数个许许多多的寒冷的冬天，都未曾看到过这种场面。

地板上堆积着各种食物，堆积如山一般，应有尽有。有火鸡、烤鹅、西梅、野味、各种家禽肉、腌制好的野猪肉、肘子肉、乳猪，从屋顶耷拉下来的一串串香肠、切开的肉饼、一碗又一碗的李子布丁、成桶的牡蛎、一堆又一堆火红的熟栗子、一堆又一堆红亮亮如害羞女孩脸蛋似的苹果，橘子汁，香甜的梨子，还有一个巨大的主显节蛋糕。一碗碗热气腾腾的宾治酒、浓郁的香气，弥漫在整个房间中，仿佛房间都因此而变得朦胧了许多。在那个非常舒服的沙发上，一个醉醺醺的巨人正在打量着他，那个巨人散发着光芒，看起来令人赏心悦目；巨人手上正拿着一个火把，火把的样子不能说不像那只"精美的羊角"，它高举着，举得越来越高，让光亮照在斯克鲁奇的身上。此刻的斯克鲁奇正在门口张大了嘴，四处张望。

"请进来！"鬼怪大喊着，"请进来！伙计，进来见见我吧！"

斯克鲁奇蹑手蹑脚地走了进来。他现在可不是以前的那个趾高气扬的人了；虽然鬼怪的眼眸充满着慈爱和关切，他也不愿意再见到它们。于是，他在这位鬼怪面前低下了头。

"我是你目前圣诞节的鬼魂，"鬼怪说道，"请看着我的眼神！"

斯克鲁奇恭敬地照做了。这个鬼怪穿着一件四周镶嵌着白毛的绿色的朴素长袍，或者说更像一件绿色的披风。那件披风又肥又大，松

松垮垮的。它裸露着胸脯，仿佛不屑于用任何衣物遮挡自己，也不希望隐瞒真实的自己。斯克鲁奇低头看的时候，发现它的双脚，正从宽大长袍下的褶皱中露了出来。它的头上，没有戴帽子，而是戴着用冬青编织的花环，到处都闪耀着冰锥子的光亮。它的深褐色的卷发，长长的，披散开来：它头发的随意状态，就像它那微笑亲切的面容一样。还有那深邃又亮晶晶的双眸，张开的双手，爽朗的笑声，没有丝毫做作的姿态，它的快乐似乎已经感染了周围的空气，一样散发着愉快的氛围。它的腰上佩戴着一把古老的剑鞘，而里面却没有任何剑，况且，剑鞘上锈迹斑斑，看起来非常古老。

"你从未见过像我一样的鬼怪吧！"鬼怪说道。

"从没见过。"斯克鲁奇回答着。

"你也从来没和我家族中的其他更年轻的成员一起散步吗？也就是说（因为我很年轻），我的大哥哥们还没在这几年内露面吗？"那个鬼怪继续追问道。

"我没见过，"斯克鲁奇说道，"恐怕，我从未见过他们，鬼怪，你还有其他的哥哥吗？"

"是的，我有超过一万八千个哥哥。"鬼怪说。

"真是个极其庞大的家族啊！"斯克鲁奇嘟嘟囔囔地说道。

这位当下的圣诞鬼怪站了起来。

"鬼怪啊！"斯克鲁奇顺从地说道，"带我去你想让我去的地方吧！昨天，我跟着另外一位鬼怪走，收获了一个教训，如果今天，你也要给我什么警告的话，那么就开始吧！让我从中获益。"

"那么，你就抓住我的长袍子吧！"

第三部分 三个鬼怪中的第二个来访

斯克鲁奇按照它的吩咐照做了,双手紧紧地抓着长袍子。

冬青、槲寄生、红浆果、常青藤、烤鹅、野味、家禽肉、腌制野猪肉、鲜肉、乳猪、香肠、牡蛎、馅饼、布丁和水果,在一眨眼的工夫,就都不见了。同样,那个房子,壁炉和红彤彤的炉火也都瞬间消失了。

此刻,他们来到了圣诞节早上的市区街道上,那里的天气还是那样的天寒地冻,街道上的人们正艰难地用铁锹铲着路上的积雪,叮叮咣咣地演奏出非常刺耳却又不是那么令人讨厌的音乐声响来。人们在房前屋后忙碌着,还有人上了房顶。房顶的积雪轰然从上面落下来,像小雪崩一样,四处散落,惹得男孩子们不断地大声笑了出来。

与屋顶那皎洁的白雪和散落到地上的白雪比起来,房子的前面漆黑一片,窗户里面更黑。双轮轻便马车和四轮运货马车的沉重车轮,已经把地面上最后的积雪犁成了一条条深车辙沟,在几条大街分开的地方,车辙纵横交错,来回地互相倾轧了成百上千次,最后,那些车辙模糊在黄泥和污水中,几乎难辨踪迹。天空阴郁惨淡,就连最近的街道上都被浓郁的雾气笼罩着,黑黢黢的,又脏又乱,道路上半融化、半结冰、厚重的浓雾裹挟着霾和更细小的微尘,就是从大英帝国所有人家的烟囱里冒出的所有颗粒，黑压压的，如同淋雨一般，似雾，似雨地四处飘落。在这种天气里，或者在这样的城市里生活，的确没有令人高兴的事情。然而，这些街道上却洋溢着节日的气氛，这种氛围仿佛夏日的阳光一般，照亮了阴郁的雾霾。甚至可以说，即使是再明媚的夏日阳光，也比不上这里的热烈气氛。

　　所有这一切都是因为在屋顶上铲雪的人们都欢天喜地的，兴致高昂；房顶上的人对着护墙那里的人们大声喊叫着，时不时地抛出一个雪球——这是比冗长的俏皮话更实在的逗笑方式——要是打中了，就会引发一阵开怀大笑，如果没打中，也没有减少笑声。那个卖家禽的店铺还没打烊，还有那个卖水果的店铺还在摆放着琳琅满目的水果，一只只鼓着大肚子的圆篮子里装满了栗子，那种形态就像一位笑呵呵的老绅士正穿着一件栗子色的马甲，懒洋洋地靠在门旁，他那容易患上中风的富态身体，一不小心，慌里慌张地倒在了街上。再看看那些西班牙洋葱，个个面色都是红棕色的，仿佛喝醉了一般，每个都系着宽阔的肚带，长得胖胖乎乎的，闪闪发光，就像栽种它们的那些西班牙传道士一样。每当有漂亮的姑娘从摊位前走过的时候，它们就在货架上嬉皮笑脸，挑逗地朝姑娘们眨着眼睛，又担心被人家发现，于是就佯装正在望着挂在上面的槲寄生。店铺里的梨子啊，苹果啊，堆得高高的，就像一座座由梨子和苹果堆积起来的金字塔一般。还有那一大串一大串的葡萄，店主为了招揽生意，大发善心地把葡萄挂在了店铺最显眼的位置，惹得路过的行人可以免费地大口吞咽口水。

　　还有一堆又一堆的榛子，棕色的外壳，散发着阵阵香味。让人不由得想起了古人在林中散步，地面上的落叶深深地没过脚踝，枯叶的

芬芳弥漫四周，沁人心脾的陶醉其中。还有诺福克的苹果，黑黝黝的，矮墩墩的，在黄澄澄的橘子和柠檬的陪衬下，格外显眼，况且它们多汁饱满，让路过的人们垂涎欲滴，热切地期待路过的行人把它们装进纸袋，晚餐后，尽情地享用。在陈列上述果品的中间，摆放着一个鱼缸，里面的金鱼和银鱼快乐地摆动着尾巴，虽然它们属于傻里傻气，呆头呆脑的冷血一族，仿佛也知道即将发生什么事情，而还有一条鱼，正在自己的小天地里一圈又一圈地来回游动，累得气喘吁吁的，可能是太兴奋了，激情洋溢。说了半天，还没提到杂货铺！哦，杂货铺！快要打烊了，甚至有的已经放下了两扇百叶窗，有的放下了一扇；只不过，你可以透过百叶窗的缝隙看看那些壮丽的景观！那里面，不只是秤砣撞击到柜台而发出阵阵乒乓的愉悦声响，或者某些地方的麻绳和滚轴彼此欢愉地告别，发出清脆的声响，或者像耍杂技的一样，各种瓶瓶罐罐忽上忽下地呱嗒呱嗒直响，或者那些容器里的茶叶啊，咖啡啊，混合的香气，一起窜了出来，煞是好闻，甚至还有很多的葡萄干，这东西可是稀有之物。还有非常白的杏仁，肉桂枝又长又直，还有其他香料也是如此芬芳。蜜饯水果用糖浆覆盖着，制作成饼状，粘上斑点，即使是最冷静的旁观者，也会感觉头晕目眩，口水直流，想要立马品尝一口。除了这些，还有那看起来多汁的无花果，肉厚鲜美。法国的梅子也摆放在装裱华丽的盒子里，带着淡淡的酸味，羞红了脸。所有的东西都穿着圣诞的盛装，看起来都那么鲜美可口。除了这些原因之外，在这个充满希望的日子里，还因为到来的顾客们都是如此急切地期待过这个快乐的日子，他们在门口互相撞在一起。他们手里拿着的柳条框也莽撞地互相撞在一起，或者把自己购买的东西遗忘在了

第三部分 三个鬼怪中的第二个来访

柜台,又匆忙地回来取东西,那里不断地成百上千次上演类似的错误,真是最好的幽默。然而杂货铺的伙计们却是如此的坦诚和精神饱满,他们用自己身上的围裙稳固和擦拭自己那颗金灿灿的心,也可能就是他们金子般的心,让他们充满了热情和温暖,他们佩戴在外面,就是让大家来鉴定,也好让圣诞节的寒鸦来啄取,如果寒鸦愿意选择的话,它们会比较乐意。但是,不久,一座座尖尖的塔,就把人们召唤到了那些大教堂和小教堂去了。于是人们就穿着最漂亮的衣服,洋溢着最快乐的笑脸,一群群地沿着街道前行。就在这时,还有从无数的拐角处,街头巷尾涌出来的人群,带着晚餐到各家的面包房去。

斯克鲁奇和鬼怪站在面包房的门口,这个鬼怪对这群摆设酒宴的穷人们的样子,似乎非常感兴趣,他们打算继续看看发生了什么。

每当有人经过的时候,这个鬼怪就把人们饭食的盖子打开,从它的火把上,把香料酒倒在饭食上。这是一种不同寻常的火把,因为你

能看到带着饭食的人们偶尔会撞在一起,互相吵起来,鬼怪就从火把上对着他们洒上几滴水,他们高兴的心情就立刻恢复了。这些人会说,在圣诞节发生口角是不吉利的。确实就是这样,这是真理!上帝喜欢人们这样,所以也要这样行事!

此刻,教堂新年钟声最后一响停止了,面包房也打烊了;然而,在每一个烤面包的炉灶上,在那潮气融化开来的朦朦胧胧中,还能看见影影绰绰的各种食具,还有在制作的过程中,溅落在四处的污渍。宛若地上铺的石子儿也被煮熟了,冒着烟。

"你从火把上洒下的东西有什么独特的味道吗?"斯克鲁奇问着。

"当然有,是我自己的味道。"

"你只有今天才发放到所有的饭食里吗?"斯克鲁奇问。

"是的,对任何饭食都要无私地给予我的味道,而给穷人的会更多。"

"为什么要给穷人更多呢?"斯克鲁奇问。

"因为他们需要更多。让他们吃个饱饭!"

"鬼怪啊!"斯克鲁奇想了一会儿后说,"我很好奇,在周围世界的所有人类当中,只有你希望给予这些人无知的享乐机会。"

"我啊!"鬼怪大喊着。

"你应该剥夺他们每周第七天吃饭的机会,因为他们只是认为自

第三部分 三个鬼怪中的第二个来访

己在第七天才吃饱了。"斯克鲁奇说道。

"你愿意这样做吗?"

"我吗?"鬼怪说着。

"你要让他们在每周的第七天都歇业,"斯克鲁奇说,"这和我刚才说的是一码事儿。"

"是我这么干的!"鬼怪大喊着。

"如果我说错了,请见谅。那么你是用你的名义,或是用你家人的名义那么做的吧!"斯克鲁奇说。

"在你们居住的这个地球上,是应该有些改进了,"轮到了鬼怪说话了,"有谁真的了解我们,有谁真的是充满激情地在做事,到处都是傲慢无礼、嗔恨、敌意、嫉妒、盲目固执以及自私自利。也包括我们的亲戚朋友,让我们觉得那么陌生,仿佛都变了一个人似的。请记住,只有他们自己能改变自己,我们无法改变他们。"

斯克鲁奇答应自己会牢牢记住这句话的。他们继续像之前那样无影无踪地往前走。他们走进了一个郊外的小镇。这个鬼怪实在是了不起(当斯克鲁奇在面包房前的时候,就发现了这一点),那就是它虽然体型庞大,但无论是走多么狭窄的街道,它都能游刃有余,悠然自得而过。现在,它站在一个非常低矮的屋顶下,就如同它站在任何大礼堂里可能有的那种表情一样,悠然自得,只有它这种超自然之物才能做得来。

或许是因为这位快乐的鬼怪有法子显摆一下自己的能力,或者是它对所有穷人都富有爱心、奉献着自己的仁慈、慷慨、热情和同情,这让斯克鲁奇莫名其妙地来到了那位办事员的家门前。斯克鲁奇紧紧地抓着鬼怪的长袍，往前走着。走到门槛上的时候，这个鬼怪笑了笑，从它的火把里湛取甘露祝福鲍勃·克拉切家的房子。

这会儿，克拉切的太太站起了身子，她正穿着寒酸又破旧且翻新了两次的长袍，但头上却扎着一根漂亮的丝带，虽然那是便宜货，可能只不过才六便士，但看起来非常醒目和漂亮；她的第二个女儿贝琳达也扎着艳丽的缎带，正帮助妈妈铺桌布，小主人彼得·克拉切正在用叉子插着平底锅里的土豆，正把身上的那件衬衫（这衣服可是鲍勃的私人物品，只是为了庆祝这样的好日子，他才舍得让儿子穿）领子塞进嘴巴里，这个孩子觉得自己穿上了这件衣服非常气派，也为自己是如此惹人注目而扬扬得意，渴望着大家都来看看他身上的这件只有上流社会的时尚人士帕克斯才能穿的亚麻布衬衣。克拉切家还有两个比较小的孩子，一个是小男孩，一个是小女孩，他俩正从外面的面包店大声尖叫着跑进来，因为他们闻到了家里烤鹅的味道，也知道那是为他们做的。这两个孩子傻乎乎地绕着房间的桌子跑来跑去，房间里弥漫着浓烈的洋葱味儿，所谓的烤鹅也是他们想象出来的。他俩还把那个小主人彼得·克拉切给捧上了天，而彼得却不自豪，因为他的衣服领子弄得他喘不过气来，正在吹着炉火，直到锅里的土豆咕嘟咕嘟地冒起了气泡，猛烈地撞击着锅盖，仿佛嗷嗷叫的伙计，等待着把它们放出来，剥皮。

"你们那个最爱的老爹怎么了呢？"克拉切太太问，"还有你的哥哥，小蒂姆呢！还有玛莎，难道还得像去年过圣诞节那样，整整晚了半个小时！"

"妈妈，我来了！"女孩，一边说着，一边走了出来。

"妈妈,我来了!"克拉切家的两个捣乱的小孩子也模仿着姐姐的声音,齐声说道,"万岁!玛莎,有一只烤鹅哦!"

"怎么了!我的甜心,上帝保佑你还活着,你怎么晚了呀!"克拉切太太亲切地问道,亲了她十几次,热情地帮孩子解下来她的长围巾和帽子。

"我们昨天晚上有一个大单子,所以需要加班,"姑娘回答着,"把所有的东西都清理好了,才回来!"

"好的,孩子!但要记住,别这么晚才回来。"克拉切太太说。

"我的小甜心,你就先坐在火炉前,暖和一下,真是上帝庇佑我们!"

"不!不!不!爸爸就快回来了,"两个小捣蛋鬼一起喊着,他们总是如此讨厌,哪里都有他们俩插嘴,"藏起来,玛莎,快藏起来!"

于是,玛莎就跟着小弟弟和小妹妹一起藏了起来,接着,爸爸鲍勃回到了家,进了门,他正围着有三英尺长的长毛围巾,还不包括流苏在内,挂在胸前;他的反毛的衣服补丁摞着补丁,洗刷得干干净净的,看起来非常合身;小蒂姆坐在他的肩膀上。哎哟,你再看看那个小蒂姆,他竟然还有一根小拐杖,他的手脚都用铁架支撑着。

"我回来了,怎么没见到玛莎呢?"鲍勃·克拉切喊着,朝四周看了看。

"还没回来。"克拉切太太说道。

"竟然还没回来!"鲍勃大声地说道,他刚进门时的那股热情，一下子就跌入了谷底，因为他从教堂回来的路上，一直在给小蒂姆当汗血宝马来骑，不知道有多么着急看到这群小家伙们。"真是不让人过圣诞节了！"

虽然这是在和爸爸开玩笑，但玛莎还是有些不忍心。于是，她就从后面的门里猛地跳了出来，跑进了父亲的怀抱。两个幼小的小克拉切也一把夺过小蒂姆，把他带到厨房里，好让他听听布丁在锅里唱歌的声音。

"小蒂姆的表现如何呢？"克拉切太太问到，她揶揄着鲍勃容易上当，而鲍勃已经非常热烈地把女儿拥抱了一番。

"就像金子一样好，"鲍勃说，"甚至金子也比不上他。只不过，他开始变得爱思考了，总是一个人坐在那里，沉默着思考着那些稀奇古怪的事情，那些事情恐怕你也没听说过。在回来的路上，他告诉我，他之所以希望教堂的人们能看到他，就是因为他是个跛子，而他的出现，会让人们更能记住这个圣诞节。甚至那些沿街乞讨的人们和瞎子都能因此而得到安慰。"

鲍勃在讲述这些事情的过程中，特别是提到小蒂姆正在长得越来越强壮，越来越有爱心的时候，他的声音发颤，有股感动的味道弥漫其中。

小蒂姆的那个活动自如的小拐杖发出清脆的声音，话还没说完，他的哥哥和姐姐就把他抱到了火炉前的椅子上；而此刻的鲍勃，正在卷起袖口——可怜的家伙，就好像那个袖口可能还会被摆弄得更破旧似的——他正在一个大罐子里用杜松子酒和柠檬调制着热饮料，他一圈又一圈地搅拌着饮料，再把饮料放到火炉旁的烤架上炖。小主人彼得和那两个年幼的弟弟妹妹一起跑过去，拿来了烤鹅。他们一个跟着一个，宛若一个兴高采烈的小分队一样，英姿飒爽。

　　相继出现的这种喧闹，你可能会把这只鹅当成是所有禽类当中最为珍贵的鸟；它就是长着羽毛的奇珍异宝，你说它是黑天鹅也当之无愧；也可以这么说，在那个房子里，所有的东西都没有这只鹅珍贵了。克拉切太太把事先已经在平底锅里做好的卤汁浇在烤鹅身上，发出嘶嘶的声响和扑鼻的香气。小主人彼得使出浑身的力气，捣碎了土豆；贝琳达小姐在往苹果酱里加糖；玛莎正在擦干净一个个热盘子，鲍勃把小蒂姆抱到桌旁的一个角落坐好，两个小弟弟和小妹妹，正在给每个人摆放椅子，也没忘记自己的座位，把自己的座位放在了放哨站岗的地方，他们正在把汤勺伸进嘴里，这样做的目的是避免还没轮到他们的时候，就抢着要吃烤鹅。最后，一盘一盘的佳肴终于摆放好了，饭前的祷告也做过了。接着，大家都屏住了呼吸，静静地等候，克拉切太太仔细地从头到尾地把切肉刀看了一遍，准备着把那个锋利的刀子插入烤鹅丰满的胸部，而当她这么做的时候，大家看着自己盼望已久的鹅里面的填充物，喷涌而出的时候，餐桌周围的人们都沸腾了起来，欢呼着，就连那个挨着两个小弟弟妹妹坐的小蒂姆，也按捺不住地用刀柄敲打着桌子，用柔弱的声音喊道："万岁！"

世界上只有这只鹅最美味。鲍勃真不信有人竟然能烤制出这样美味的鹅。它是如此的肥美可口，大小适中，价格优惠，真是整个宇宙中最值得人们称赞的东西。还有可口的苹果酱和土豆泥，对于全家来说，真是一顿非常美味又可口的晚餐；的确如此，正如克拉切太太兴致高昂地说的那样（她正在打量着餐盘中一小块碎骨头）："大家真的还没有都吃完哦！"大家都吃得饱饱的了，这个家里最小的两个弟弟和妹妹，还大口地嚼着杨苏叶和洋葱，竟然都吃到了眉毛上！贝琳达小姐正在给大家换餐盘，克拉切太太独自离开了房间——这种热烈的场面实在让人感动——她去给大家端来一盆布丁。

请假设一下，真不该把布丁做熟啊！请假设一下，要是把布丁打翻了会怎样啊！请假设一下，当大家都在津津有味地吃鹅的时候，如果有人翻过了墙，把布丁偷走了会如何啊！这个家里最小的那两个弟弟和妹妹为此一定会大发雷霆啊！你就尽自己所能地发挥想象力吧！假设各种恐怖的可能性。

哈喽！一大团蒸汽从锅里被端出来了！布丁好好地装在铜锅里。气味无比的芬芳！就像洗衣日时的那种味道，那是蒸布的味道，那味道就像隔壁的蛋糕房和餐厅的混合味道。而散发出这种美味的，就是布丁的味道。过了半分钟，克拉切太太走了进来：红扑扑的脸上，挂着自豪的微笑，再看看那布丁，就像一颗长满了斑点的大炮弹，又厚实，又结实，在正燃烧着的四分之一品脱白兰地酒的中央，大放光彩，顶上还插着圣诞节的冬青作为装饰。

"哦！真是绝美的布丁！"鲍勃·克拉切这样说道，也非常平静地夸赞太太，仿佛那是他们结婚以来，老婆做过的最成功的布丁似的。克拉切太太说，她没有把握好面粉的重量问题，一直在担心放多了面粉。每个人都夸赞布丁，却没人认为那么一点儿布丁，对一大家子人来说，是多么的少。谁要是那么想，或者那么说，一定会破坏气氛的。这个大家庭的每个人，甚至连暗示一下这种情况，都会觉得是无法启齿的话语，如果说了，一定会羞愧得脸红的。

最后，这顿饭终于结束了，大家把桌布擦干净，灶台打扫干净，炉火里填满了柴火。大家也都喝过了大水罐里的混合饮料了，也都认为好喝得不行了，苹果和橘子也都放在了桌子上，在炉火上填满了整整一大铁铲的栗子，烘烤熟。接着，所有的克拉切家人们围坐在火炉旁，用鲍勃的话说，那就是一个半圆圈，意味着是一个圆的一半；在鲍勃的手肘旁，放着玻璃器皿的家庭陈列品：一对平底大酒杯，一只无柄牛奶蛋糊杯。

无论如何，用这种东西盛放大水罐里倒出来的热饮料，并不比用高脚的纯金酒杯盛放差到哪去。鲍勃满面笑容地倒出饮料，而此刻，炉火上的栗子，正噼噼啪啪地发出灿烂的笑声。于是，鲍勃举杯祝贺大家：

"我亲爱的家人们，祝贺大家圣诞快乐。上帝庇佑我们！"

全家人也举杯回应这句话。

"上帝保佑我们每个人！"小蒂姆说道，他是最后一个说祝福话的孩子。

他坐在自己的小凳子上，紧紧地挨着他的爸爸。鲍勃握住他那憔悴的小手，看得出来，他非常喜爱这个孩子，希望一直把他留在身边，害怕他突然之间离开了。

"鬼怪,"斯克鲁奇以前从未像现在这样好奇地问道,"请告诉我,是否小蒂姆会活着。"

"我看到了一个空位,"鬼怪回答,"在壁炉的拐角处,有个拐杖,孤零零地立在那里,而没有看到拐杖的主人,那是被这个家庭珍藏的一个物品。如果这些不变的影像能预知未来的话,可以断定,那个孩子最后死了。"

"哦!不!"斯克鲁奇说道,"求求你,鬼怪!你就赦免了他吧!让他活着吧!"

"如果这些固定不变的影子能预知未来的话,我的其他家人会来后续处理的,"鬼怪这样说着,"他们会到这里找到他的。那又如何呢?如果他快要死了,他就得那么做,这样能减少人口过剩的问题。"

斯克鲁奇摇着头,听着这位鬼怪重复着他曾说过的话,顿时心中充满了无限的后悔和内疚之情。

"人啊!"鬼怪说,"如果你心里装着的是人,而不是装着坚硬的石头,你就收起自己的迂腐论调吧,除非你发现了什么才是真正的过剩,以及你知道都在哪儿过剩了。你难道可以决定什么人可以活,什么人可以死吗?如果是的话,那也是上天的安排,与这样数百万穷苦人家的孩子比起来,你似乎更没价值,更不配活下去。哦!上帝啊!听一听树叶上的昆虫,竟然在宣称自己那些饿死的兄弟们,是因为它们的数量太多了的缘故,多么可悲啊!"

斯克鲁奇在鬼怪的数落下,简直无地自容,他弯着腰,浑身颤抖,真希望有个地缝,可以钻进去。但当他一听到鬼怪在叫他的名字,他立刻就站直了身体,抬起了头。

第三部分 三个鬼怪中的第二个来访

"斯克鲁奇先生，"鲍勃说，"我要告诉你们，斯克鲁奇先生，他是我们这次宴会的主办人。"

"什么宴会主办人！"克拉切太太满脸通红地大喊着，"我倒希望他能在这儿。我想要他来品尝我们的盛宴，告诉他我对他的意见。我希望他也能为此心满意足。"

"亲爱的，"鲍勃说，"孩子都在！今天是圣诞节！"

"我可以肯定地说，正应该在圣诞节这天，"她说道，"对那位讨厌的、小气的、苛刻的、冷酷无情的斯克鲁奇举杯遥祝，祝愿他能健康长寿。罗伯特，你了解他的！没人比你更了解他，真是个可怜的人啊！"

"亲爱的，"鲍勃用温和的口气说道，"今天是圣诞节。"

在这个特殊的日子里，"我今天得为斯克鲁奇先生的健康，为他祝酒，"克拉切太太说道，"而不是因为他本人的缘故，不是因为对他感激，而是感激今天过圣诞节，祝贺他长寿！祝贺他圣诞快乐！毫无疑问，他一定会过得非常，非常快乐的！"

她说完祝酒词后，孩子们也都这样照做了。在他们的所有活动中，这是唯一一件没意思的事情。小蒂姆是最后一个祝酒的，但他心不在焉。斯克鲁奇简直就是这个家庭的恶魔。大家一提到他的名字，就让

第三部分 三个鬼怪中的第二个来访

整个热闹的宴会瞬间变得了无生趣了，这种阴郁的气氛整整持续了五分钟。

等到大家都遥祝完斯克鲁奇，这种阴郁的气氛过去后，大家比原来更加开心了，甚至比之前高兴十倍，因为大家都走出了斯克鲁奇的阴影。鲍勃·克拉切告诉大家，小主人彼得在他心中已经有了一个理想的职业，如果彼得够努力的话，他一周可以赚到五先令六便士。两个年幼的弟弟和妹妹一想到彼得竟然成了一个生意人，都笑得前仰后合的；而彼得呢，他的头来回地摩擦着衣领，略有所思地盯着炉火看，一言不发。他好像在思考，当那一笔可观的收入到账的时候，他该如何投资赚更多的钱似的。接着，那位正在一家女帽和发饰商店当学徒的玛莎对家人们说，她一直在做的工作是怎样的，以及她每天要忙碌多少小时，她正打算明天一定要睡个懒觉，睡到自然醒。因为明天她放假一天。她还说，前几天，自己遇到了一位伯爵夫人带着一位勋爵，那位勋爵的个头和彼得一样高，当彼得听到这句话的时候，故意把衣服领子拉高，要是你当时就在现场的话，一定看不到彼得的头了。与此同时，栗子和大水罐不停地被送到每个人的手里，小蒂姆开始给大家唱歌，歌词大意是：一个小孩在雪地里迷路了。小蒂姆的歌声略带忧伤，他对整个曲子的唱腔把握得恰到好处。

抬眼望去，家里的所有东西没有什么上档次的。这个家很穷。每个人长得不漂亮，也没有多余的钱来打扮，穿着普通，鞋子也不是昂贵的防水皮鞋。可能彼得也看到过，典当铺的里面有很多金银财宝，可能只有那种人家才能穿上豪华的衣服。然而，那又有什么关系呢？富有并不能让人们显得多快乐。虽然他们不富有，但他们非常快乐、心怀感恩，彼此都很满意，在这个节日里，大家都很开心和满足。他们个个脸上洋溢着幸福，在这个鬼怪撒离火把的时候，你能从火把闪亮的火焰中见到他们的快乐影子。斯克鲁奇目不转睛地看着这些人们，特别对小蒂姆感兴趣，一直盯着他从鬼怪的火焰中消失不见了。

这时候，天已经黑了。天空飘起了鹅毛般的大雪；当斯克鲁奇和鬼怪沿着街道前进的时候，能透过每家的窗户看到里面的厨房、每个房间，客厅灯火通明，壁炉里的火熊熊燃烧着，所有的这些景象真是无比的壮观。通过这些景象，可以推测出，家家户户都在吃着丰盛的晚餐，一盘盘鲜美的食物正在火炉前烤着，那些挂着深红窗帘的家里，一定是要把外面的黑暗和严寒挡住，不使之进入室内。所有的孩子都跑出了屋外，出门去迎接嫁出去的姐姐们，还有表哥、叔叔们、姑姑们，每个孩子都你推我，我推你，想要站在最前面。最后，你只能从外面看到映衬在窗帘上的影影绰绰。还有一群姑娘，每个人都戴着头巾，穿着反毛皮靴，有说有笑地朝着邻居家走去，他们的步态是那样的轻盈优雅。站在路旁的单身汉，看着这群漂亮的姑娘走进去，是多么的苦恼啊！这群折煞人的美人们哦，她们自己可能都不知道，她们是多么的美丽！

然而，如果你从这些来来往往的人数上推断，就会发现，这么多的人赶着去别人家，就可能会发生这种情况——当他们满怀热情地赶往别人家的时候，可能会发现那个人家里竟然没人，只是屋子主人把壁炉的火加到最旺的程度，才映出了那么明亮的火光而已。神会祝福这些人的！这个鬼怪是那么的欣喜若狂！它竟然不知不觉中，轻轻地漂浮着，用自己那裸露的宽广胸怀、宽大的手掌和仁慈的手指四处碰

第三部分 三个鬼怪中的第二个来访

触,它所碰触到的所有一切,都被他瞬间传播到了欢乐!那会儿,碰巧有位街灯点灯夫,跑在前面,他正在点亮每个街道上的灯,从他的穿着打扮可以看出,这个人今晚一定有个很好的去处,让他获得欢乐。在这个鬼怪飘过那个人的身旁时,这位点灯夫突然大声地笑了起来:显然可以看出,灯夫除过圣诞节外,还有很多更好的事情等待着他!

此刻,这个鬼怪没有任何提示,就把斯克鲁奇带到了一片荒凉而又漆黑的空旷地上。四周只有黑黢黢的石头,宛若一个个巨人一般,矗立在那里。一条小溪恣意地四处流淌着,或者说,如果没有冰霜把它们困住,它们就按照这种状态,一直流淌不息。这片土地除长苔藓和荆豆外,还会长出一些烦乱的杂草。夕阳西下后,天空中只留下了一抹通红的晚霞,宛若一只愤怒的眼睛,瞪着这片荒凉,然后又皱了皱眉,慢慢地,慢慢地,闭上了眼睛,终于在最黑暗的夜幕中,睡去!

"这是哪里呢?"斯克鲁奇问。

"这里就是那些在地球的内脏里劳动的人们——矿工,居住的地方啊!"鬼怪回答,"不过,他们都认识我,你跟我来看看吧!"

不远处,一个小屋子的窗户透出一丝亮光,他们快速地朝着那里前进。等到他们越过了泥巴墙和石头建筑的小房子时,发现那里正有一群人们围坐在火堆四周,每个人的脸上都洋溢着笑容。那是一家子老老小小，一位上了年纪的老头儿，一位老奶奶，他们的孩子们，还有孙子们，以及孙子的孩子们，全都穿着节日的盛装。那位老人，正在用浑厚的嗓音高声地唱着圣诞颂歌，他那粗犷的声音，远远高过了呼啸而过的风声；他太熟悉那首歌了，他还是个孩子的时候，就不停地在唱那首歌。全家人也会配合老人唱歌，偶尔大家齐唱，偶尔老人唱，使老人无比投入和开心；显而易见，当大家不唱的时候，他的劲头不像大家都唱的时候那么足。

鬼怪并没在此处停留，而是让斯克鲁奇抓紧它的长袍，他们从这片旷野上飞过，不知飞向哪里？斯克鲁奇很是纳闷，难道他们飞去大海吗？他们的下面确实是大海。斯克鲁奇回头看的时候，恐惧万分，身后是一片片岩石；如雷鸣般的海水声，几乎震耳欲聋，他听着咆哮的海水，无比愤怒地朝着那个侵蚀而成的巨大黑洞聚集着，仿佛要用自己的巨大威力，汹涌澎湃地肆意破坏整个地球。

大约在离海岸或海滨一里格左右的地方，耸立着一个阴森的灯塔。海水不停地冲刷着这个暗礁，一年又一年，毫不停歇。整个暗礁的底部长满了海草。有人认为正像海水产生了海草一样，风暴也产生了这些海鸟，让它们在此安家落户。海鸟们，随着海浪，起起落落，与海浪融为了一体。

甚至，在这样的地方，两位看守灯塔的人也点起了火，让光亮从厚厚的暗礁缝隙透出来，投射入那阴森恐怖的大海里。他们正在用布满老茧的双手，握着掺着水的烈酒，在破旧粗糙的桌子上，觥筹交错地互相庆祝圣诞快乐；他们中的一位，最年长的那位，整个面容已经完全被海水毁坏，到处伤疤累累，就像古老的船头，雕饰的骷髅头一样恐怖,而他唱起歌来,就像暴风刮来一样,沙哑厚重。

鬼怪又开始迅速地前进了。越过黑暗又汹涌澎湃的大海——他们不停地前行,前行,飞翔了很远,很远。正如斯克鲁奇所说的那样,他们现在离任何海岸都非常遥远,停在了一艘船上。他们停在了那艘船的舵手身旁,那个驾驶舱内的水手们都在聚精会神地向外张望,他们都各就各位,努力地做着自己手头的工作,黑影绰绰,犹如魅影一般,但他们每个人的嘴里,都在轻轻地哼唱着圣诞颂歌,或者正在想着圣诞的样子,或者有的正在小声地和同事们讲述着在家里过圣诞的快乐时光,勾起了思乡的情怀。甲板上的人,无论是睡着的,还是醒着的,无论自己的境况是好还是坏,比起一年的中任何日子,今天都是一个特别的日子,都在对别人表示祝贺,或者在那天的庆祝活动中,曾热情地向别人表达过祝贺,同时也想念那些远方的亲人们,他们知道,亲人们也一样在想念着他们。

斯克鲁奇倾听着海风的呼啸声,脑海中浮现出一幅画面,在一个未知的深渊之上,那深渊深不可测,就像死亡一样,无时无刻不都是孤寂的黑暗,那的确是一个庄严的时刻。非常令斯克鲁奇吃惊的是,当他正沉浸在这幅意象之中的时候,他突然听到了一阵大笑声。更令他吃惊的是,他竟然听出了,那笑声是外甥发出来的。此刻,他才意识到,自己已经来到了一个干净、明亮、光彩夺目的房间。那个鬼怪就站在自己的身旁,微笑地看着他,赞赏有加,慈眉善目地望着他的外甥。

"哈,哈!"斯克鲁奇的外甥笑着,"哈,哈,哈!"

我想说的是,要是你在一个偶然的场合里,听到像斯克鲁奇外甥发出的爽朗笑声,我也想认识那个人,我一定让那个人当我的朋友。

那种笑声实在是一种高尚的合理安排，公平而不偏袒。因为在世人被疾病和烦恼困住的时候，在这个世界上，没有什么能比开怀大笑和幽默更具感染力的了，因为笑声往往令人无法抵抗而沉醉其中。斯克鲁奇的外甥是以这种方式大笑的：用双手抱着肚子，晃头晃脑，嘴巴大张着，扭曲的脸庞变成了最为奇怪的形状；站在旁边的外甥妻子，看到他笑成这样，也情不自禁地笑了起来，笑得酣畅淋漓。周围所有被邀请来的朋友们，也按捺不住地爆发出了笑声，大家都失态了，笑得上气不接下气，前仰后合的。

"哈，哈！哈，哈，哈，哈！"

"的的确确，他说圣诞节是个骗子！"斯克鲁奇的外甥大声地说着，"他还信以为真呢！"

"弗莱德，再讲些他的糗事吧！"斯克鲁奇的外甥媳妇非常激动地说道。因为她要把这些笑话送给那些勤勤恳恳劳作的女人们听，她们从来不半途而废，总是认真对待。

斯克鲁奇的外甥媳妇长得非常漂亮！可以说，是美若天仙！俊美的脸庞上长着酒窝，大富大贵的长相；一张樱桃小嘴，仿佛天生就是让人亲吻的——丝毫不用怀疑这点哦！下颔上点缀着零星的雀斑，每次大笑的时候，雀斑都聚集在了一起；我在任何小美人的脸上，从未见过那双灿烂无比的眼睛，炯炯有神，熠熠生辉。你知道，你一见到她，就想挑逗她，而且也会令你感到满意的。哦！真的是完美之作哦！

"他的确是个滑稽的老头儿，"斯克鲁奇的外甥说，"我所讲述的，都是真的；所有人都讨厌他的行为。由此可见，他的种种恶劣行为，已经得到了应有的惩罚，所以，我也不能再说他什么坏话了。"

"弗莱德，我肯定他非常富有，"斯克鲁奇的外甥媳妇说道，"你一直以来，总是这么对我说的。"

"亲爱的，那又如何呢？"斯克鲁奇的外甥说，"他又从来不用自己的财富。他也从不做任何善事。他也不让那些财富给自己带来舒服感。他甚至也没有满意的思想——哈，哈，哈——他也从未让我们享用过他的任何财富。"

"我不想再听到他的名字了，对他没兴趣了。"斯克鲁奇的外甥媳妇说道。房间里的所有人，包括斯克鲁奇外甥媳妇的姐妹们，其他女士们都表示了同样的看法。

"哦，我必须得这样说！"斯克鲁奇的外甥说，"我为他感到难过。我的确试过，即便我想生他的气，也生不起来。究竟谁在为那些古怪的想法受罪呢？是他自己呀！就是他自己。他总是不喜欢我们，也从来不和我们吃饭庆祝圣诞。结论是什么呢？他自以为并没有失去一次和家人团聚的晚餐，认为这没什么大不了的。"

"事实上，我认为他失去了一次好的晚餐的机会。"斯克鲁奇的外甥媳妇说。其他每个人都是这样认为的，那些人都是合适的评判员，因为他们刚用过晚餐；他们刚刚用完了餐后甜点，现在那些残羹还摆放在壁炉旁的桌子上。大家围拢在壁炉周围，灯火通明。

"哦！我真的很开心听到这句话，"斯克鲁奇的外甥说道，"因为我对这些年轻的女管家们不太信任。托比，你怎么看呢？"

托比显然已经看中了斯克鲁奇外甥媳妇姐妹中的一个，于是他回答说："一个单身汉，真是孤苦无依，四处飘零。所以无权对这个主题发表任何看法。"听到这句话，斯克鲁奇外甥媳妇的姐妹中，一个胖乎乎的姑娘，不时插着玫瑰花的那位，红着脸，羞答答地，对托比暗送着秋波。"

"弗莱德，你说下去，"斯克鲁奇的外甥媳妇边说，边鼓掌，"他从来不说完话！真是个可笑的家伙！"

斯克鲁奇的外甥又爆发出一阵扬扬得意的笑声。虽然那位胖胖的妹妹闻着香醋，也不能避免被他的这个笑声感染了。在场的人，没有一个不被他的笑话逗笑的。

"我只是想说，"斯克鲁奇的外甥说，"我认为，他不喜欢我们的原因并不是他在嘲讽我们，而是他失去了很多的快乐，而他却冥顽不灵。与其说他宁愿在他的那个发霉的破办公室和落满灰尘的家里浪费时间，还真不如说他失去了美好的节假日相逢。我每年都亲自去邀请他，无论他喜欢与否，我都这样做，我之所以这样做，是因为我可怜他。他可能到死都会在咒骂圣诞节，只有我总抱有一丝希望，就是他能情不自禁地突然改变了想法，每次我去叫他，都和他叫板，想要撼动他的固执想法。一年又一年，只要一到圣诞节，我就会去看他，每次我都表现得很有耐心，态度诚恳，对他说：'斯克鲁奇舅舅，您好吗？'要是他突然大发慈悲，给自己的那个可怜的办事员五十磅，他就很了不起了；还有，我昨天去看他的时候，我觉得我的话触动了他。"

他居然说自己的话触动了斯克鲁奇，顿时引来了整个房间里所有人的哄堂大笑。他因为他的脾气是那么的好，并不太在乎周围的人都在笑什么，为什么而笑，所以他也不管周围的人们怎么笑，他都是大家关注的焦点，挑起人们的兴致，酒瓶在这群兴致高昂的人们中传递着。大家都非常开心。

　　大家喝完了茶后，开始进行一些音乐活动。因为这是个音乐之家，我毫不夸张地说，他们都知道自己有两下子，能组成一个欢乐的演唱团了或者玩接唱的游戏。特别是那个叫托比的，他能像个行家一样，在非常难唱的低音部分，也能嗯嗯啊啊地唱过，余音绕梁，回味无穷，从来不会像其他人那样——额头上青筋浮现，满脸通红。斯克鲁奇的外甥媳妇是弹奏竖琴的好手，她弹奏了几个动听的曲子后，又弹奏了一个非常短的曲子（一个非常简单的曲子，你可能用两分钟就能用口哨吹出来）。斯克鲁奇非常熟悉那个曲子，第一位圣诞鬼怪来访的时候，我们曾在前面提到过，当时他还在寄宿学校，那首曲子是来接他的妹妹最喜欢的曲子。当这个曲子响起来的时候，鬼怪唤起了斯克鲁奇以往的所有记忆。他完全被感动了，内心变得越来越柔软了。如果多年前，他能经常听到这个曲子，为了自己的幸福着想，他可能也会用自己的双手，耕耘出富有慈悲的人生，他可能就不会用教堂司事的铁铲，草草地把自己的搭档马利埋葬。

　　这个屋子里的人们，并没有整晚都把时间用在了音乐上。接着，他们又开始玩起了罚物游戏。因为所有的孩子都喜欢这个游戏，对孩子来说，过圣诞节的时候，没有比这个游戏更令他们开心的了，这个游戏可能就是由孩子们自己独创的。等一等，还有一个更好的游戏，就是捉迷藏了！这个游戏是一定要在圣诞节玩的。要让我相信托比真的把眼睛蒙上了，我真不信，就好比我相信他的靴子上长了眼睛一样。我知道，这个把戏是他和斯克鲁奇的外甥串通好了的。站在斯克鲁奇身边的这位圣诞鬼怪也心知肚明，他那样追着去抓那位穿着花边褶皱

第三部分 三个鬼怪中的第二个来访

衣服的胖姑娘,显而易见就是在对人性的考验。无论她走到哪里,他都能找到。他碰倒了炉子,弄翻了椅子,碰到了钢琴,卷进了令人窒息的窗帘里。他总是知道那个胖女孩在哪里。他从来不会去抓任何人。如果你故意站在他的面前(就像有些捣乱的人做的那样),他也会假装猜猜你是谁,这对于你的理解简直可以说是一种敷衍;接着,他就又朝着那个胖胖的姑娘那里走去。她会因为这种不公平而大叫着,而真实本意却是暗自欢喜。最终,他抓住了她;他完完全全顾不上她身上瑟瑟作响的衣服,宛若翅膀一样闪过他的身边;他把她逼到了一个死角,她已经无路可逃了。那个时候,才是最为惊心动魄的时刻,他的恶劣行径,暴露了出来。他假装不知道她是谁,抚摸着她的头,在抚摸的时候,突然把一个戒指戴在了姑娘的手指上,一根链子挂在了姑娘的脖子上。实在是太卑鄙了,会遭天谴的!无疑,当房间里又有其他负责扮演盲人的人开始搜索的时候,这个胖胖的姑娘已经接受了托比的求爱,他们在窗帘后的私密空间,紧紧地拥抱在了一起。

斯克鲁奇的外甥媳妇不是盲人们爱捉的,所以她就舒舒服服地坐在一个大椅子里,双脚放在一个板凳上。斯克鲁奇和鬼怪就停留在她的身后。她爱死了那个罚物游戏,她甚至能把这个游戏中所有的字母都能拼出来,更别说游戏中提到的如何、什么时间和在哪里等单词的拼写了,对她来说,都是小菜一碟,尤为重要的是,斯克鲁奇的外甥非常得意自己的老婆竟然打败了所有的女人。虽然他的那些小姨子们,都非常聪明。关于这一点,那个叫托比的家伙会证明的。房间里老老少少加在一起有二十多人,所有的人都很忙碌,都在做游戏,全然没注意到正在看着他们的斯克鲁奇。他们甚至全然忘乎所以了,完全不在乎自己发出的声音，别人可能根本听不见，完全是大声地说出自己的猜想，偶尔又猜对了别人的意思。这是因为最好的白教堂的最尖锐的指针，从不会割到眼睛的，也不会比斯克鲁奇更锋芒毕露的；只是斯克鲁奇在这些人的眼里，还是没有意识到自己有多么愚笨和后知后觉。

那个鬼怪非常满意地看着斯克鲁奇的表情，因为鬼怪知道目前的他是多么喜欢这种场合，甚至斯克鲁奇像个孩子似的恳求他，让他待到所有的客人都离开后，他们再走，但这个鬼怪却拒绝了。

"马上就要玩新游戏了，"斯克鲁奇说，"再待半个小时，鬼怪，只待半个小时！"

现在，斯克鲁奇的外甥正在提议玩一个新颖的游戏，名字叫"是与否"的游戏。游戏的规则是，斯克鲁奇的外甥描述一样东西，其他人必须猜出来是什么；他只需回答"Yes"或"No"，就像猜猜箱子里有什么一样。周围的人们，七嘴八舌地问个不停，最后他无奈地说道，他所说的是一种动物，一种活着的动物，而不是一种令人讨厌的动物，也不是那种凶残的动物，那种动物有时候大叫，有时候发出哼唧声，有时候还说话，还住在伦敦，走在大街小巷，也不是作为展示，也没有被人牵着，也不住在动物园，从来不会在菜市场被杀，不是马、不是驴、不是母牛、不是公牛、不是老虎、不是狗、不是猪、不是猫、不是熊。斯克鲁奇的外甥，针对别人的每次错误答案，都爆发出爽朗的笑声；他被周围人的回答逗得大笑，笑得前仰后合，为了缓解自己，他只能从沙发上站起来，来回地跺脚。最后，那位长得丰满的姑娘也被逗乐了，她一边笑着，一边大声喊着：

第三部分 三个鬼怪中的第二个来访

"弗莱德，我知道了！我知道是什么了！我终于想起来是什么了！"

"究竟是什么呢？"弗莱德喊着。

"就是你的舅舅，斯——克——鲁——奇！"

回答完全正确！大家全都用钦佩的目光望着她，虽然刚才大家还在猜测会不会是"狗熊"呢？本来大家想向斯克鲁奇的方向考虑来着，但又不确定答案是否正确，所以很多人都没说出来。

"我可以肯定地说，他的确是我们的笑料，"弗莱德说道，"我们如果不对他进行祝酒，就是对他的不敬，我们举杯，为他的健康而干杯吧！大家都倒满酒杯，我们一起说'祝福斯克鲁奇舅舅！'"

"哦！我们都祝福斯克鲁奇舅舅！"大家大喊着。

"无论如何，我们都祝贺老人家圣诞快乐，祝贺老人家新年快乐！"斯克鲁奇的外甥说道，"虽然他不会接受我的祝福的，但我还是为他祝福！圣诞快乐，舅舅！"

斯克鲁奇的内心已经不知不觉地感到了温暖，他由衷地感到欣慰和快乐。要是那个鬼怪给他足够的时间，他可能也会对这些不知道他在场的人们举杯回赠祝酒的，也会用一种别人听不到的声音表达出来的。不过，还没等他的外甥说完最后一个词，整个画面就消失不见了。他和那个鬼怪又踏上了旅程。

他们去了很多地方，看到很多景象，拜访了很多人家，大家都是和乐融融的，一片喜气洋洋的景象。鬼怪只要站在病人的床旁边，那些病人们就开始变得快乐起来了；它站在异乡人身旁的时候，那个异乡人立刻就像回到了家里一样；它来到那些苦苦挣扎的人们身边的时候，就耐心地赐给他们生活的希望；它站在了穷人身边的时候，穷人就变成了富人。它来到救济院、医院和监狱，凡是有苦难的地方，只要那里把门的人或者暂时掌管某些权利的人，没有把它拒之门外，它就会祝福那些痛苦的人们。它也把自己的那些至理名言教给了斯克鲁奇。

如果那是一个夜晚的话，也是一个漫长的夜晚。这也让斯克鲁奇疑惑重重，因为这一夜仿佛把所有的圣诞节假期都浓缩在了一晚上。更令人吃惊的是，虽然斯克鲁奇的样貌丝毫没变，但那个鬼怪却变得越来越老了，变化非常明显。斯克鲁奇观察着这种改变，从未说出口来。他一直在头脑中闪过这个问题，等到他们最后离开了孩子们的第十二个夜晚聚会后，站在一个空旷地上，他才发现鬼怪的头发变得灰白了，他才开始问道。

"鬼怪们是否都活不长呢？"斯克鲁奇问。

"在这个地球上，我的生命是相当短暂的，"鬼怪回答说，"我就活到今晚。"

"啊！只有今晚！"斯克鲁奇惊讶地问。

"听！今晚的钟声敲响了！我的时间不多了。"

钟声敲响了 11 点 45 分。

"如果我说话不当，请您多包涵，"斯克鲁奇一边目不转睛地盯着鬼怪的长袍，一边说道，"我只是有些奇怪，从你的裙子下摆露出来的是你的脚还是爪子呢？"

"应该是爪子。只是有肉长到了上面，"鬼怪悲伤地回答道，"看看这里。"

鬼怪打开了自己的长袍。那是两个丑陋的、可怜的、令人胆战心惊的孩子。他们跪在它的脚下,从它的衣服里露出了头来。

"哦,伙计!瞧瞧这儿,瞧瞧,瞧瞧,往下看看!"鬼怪大喊着。

那是一个男孩和一个女孩。他们衣衫褴褛,脸色蜡黄,瘦骨嶙峋,眼睛里流露出恶狠狠地凶光;除此之外,他们看起来闷闷不乐的,卑躬屈膝,匍匐在地。本来,美好的青春应该是激情四射的,肌肤应该是红光满面、生机勃勃的,然而你看,有一只干瘪皱巴巴的老人的手,正在掐着他们,撕扯着他们,把他们撕成了碎布条似的。本来天使应该登上宝座,而现在却是被恶魔侵占了地盘,瞪着大眼睛,四处威胁着人们。所有的神秘生物被创造以来,在所有的神秘事物之中,有一半的怪物是那么的可怕和骇人。在任何阶段中,他们亘古不变,没有堕落,更没有反常的人性。

看到他们这个样子,斯克鲁奇惊骇不已,身子不由得往后退。他不知说什么好,张口想说,他们都是好孩子,可话语却堵塞在喉咙处,

说不出来，不愿意成为这个重大事件的谎言参与者。

"鬼怪，他们是您的孩子吗？"斯克鲁奇无话可说，只能这么问。

"他们是人类啊！"鬼怪说道，低头看看他们，"从他们的父亲那会儿，就依附于我。那个男孩叫无知，女孩叫欲望。请务必要提防他们两个，以及与他们类似的事物。最应该提防的就是那个男孩，我看到他的眉毛上写着'毁灭'，除非那个词语被擦掉，否则一定会带来厄运的。千万别让他把你给毁了！"那个鬼怪大声地喊着，同时手臂朝着整个城市伸去。"谁要是对你提起他，就是在诽谤你！你若出于某种目的而认可他，就更是罪无可赦！必将大难临头！"

"难道没有收容机构收留他们吗？"斯克鲁奇问道。

"难道没有监狱吗？"鬼怪最后一次用斯克鲁奇曾说过的话回赠他，"难道就没有收养所吗？"

钟声敲响了十二下。

斯克鲁奇四处张望着，寻找着那个鬼怪，可那个鬼怪已经踪迹全无。当钟声敲了最后一下的时候，斯克鲁奇猛然间想到了他的搭档马利的预言。他睁大眼睛，看到了一个奇怪的幻影，那个影子正披着衣服，带着兜帽，像一阵迷雾似的，沿着地面，向他飘来。

第四部分
最后一位鬼怪的来访

这个幻影就是最后一位来访者。它缓慢地,严肃地,悄悄地靠近了斯克鲁奇。等到它靠近了斯克鲁奇,斯克鲁奇马上双膝跪下。因为他知道,这个鬼怪在不停地移动过程中,整个空气中弥漫着骇人恐怖的阴森气氛。

这个鬼怪身着一件漆黑的长袍,甚至把它的头都盖住了,看不到它的脸,看不到它的体型,除了一只伸出来的手之外,看不到任何部位。要不是有这只手作为区分,你很难区分出哪里是它的身体,哪里是漆黑的夜晚。

当这个鬼怪飘到斯克鲁奇的身边的时候,斯克鲁奇觉得这个鬼怪既高大,又威武,周围的一切似死了一般的宁静。他对这个鬼怪一无所知,因为这个鬼怪既不说话,也不移动。

"你就是要展示给我未来圣诞节样子的鬼怪吧?"斯克鲁奇问道。

这个鬼怪没有说任何话,只是用手指向了前方。

"你大概是想展示给我未来会发生的事情,但只是像看电影似的,让我见识一下吧?"斯克鲁奇追问道,"鬼怪,我说得对不对呢?"

第四部分 最后一位鬼怪的来访

你能看到那个长袍的上面部分,抖动了一下,好像是它在微微地点头。这是斯克鲁奇能得到的最好回答了。

斯克鲁奇虽然已经习惯了和鬼怪在夜晚共处,但他还是非常害怕这个默不作声的鬼怪,他的两条腿情不自禁地开始抖动,当他准备跟随着它向前走的时候,几乎都站不起来。那个鬼怪停下来,打量了他一会儿,给他充分的恢复时间。

不过,此刻的斯克鲁奇更加害怕了。因为他知道,在那个黑黢黢的袍子后面,那个鬼怪正在看着他。虽然他看不到鬼怪的眼神,但能想象到那目光该是多么的吓人。斯克鲁奇瞪大了双眼,还是看不到鬼怪的眼睛,除了鬼怪的那只苍白的手和高大的身躯之外,什么也看不到,而这最是吓人,也让他感到无比的恐惧。

"你是代表将来的鬼怪啊!"他大喊着,"你是我见过的所有鬼怪当中,最恐怖的一个。但是,我也知道,你来这的目的是希望我改过自新,变得能与以往完全不同。所以,我可以假装同意你来陪伴我。我对你的付出,深表感激。难道你不打算和我说话吗?"

那个鬼怪还是没有说话。它只是用手指了指前方。

"那么,就带路吧!"斯克鲁奇说道,"带我前去吧!因为夜晚很快就会过去,因为我知道,自己的时间宝贵。鬼怪,请带路出发吧!"

这位漆黑的影子,正如它到来那样,飘舞着,朝前面移动了。斯克鲁奇紧紧地跟着他的黑袍,他能感觉到,那个黑袍正在把他带走。

他们不像是朝着城市移动,而是城市突然从四周浮现了出来。不知不觉地,城市就把他们包围住了。他们来到了市中心,来到一个伦敦的商业交易所里。来来往往的商人络绎不绝,他们口袋中的钱币叮当作响，正像斯克鲁奇过去经常看到的一样，人们三三两两地聚集在一起谈生意，有的人不停地看着手里的怀表，有的人一边转动手里的金色大印戳，一边在心里盘算着生意的利润是多少，每个人看起来都很忙碌，都在忙活着各自与生意相关的事情。

鬼怪在几个正在谈判的商人身边停了下来，用那只唯一能被斯克鲁奇看到的手，指了指，示意让斯克鲁奇前去听一听他们在说什么。于是，他就走上前去。

"不，"一位下巴肥硕的大胖子说道，"无论如何，我都不太知道详情，但我只知道他死了。"

"他什么时候死的呢？"另外一个人问。

"我听说，是昨天晚上。"

"为什么死的，他出了什么问题呢？"第三个人一边好奇地问，一边熄灭自己鼻烟壶里的余烟，"我还以为他会永远地活着。"

"只有上帝才知道。"第一个人，打了个哈欠后，附和着说。

"那么他的那些钱财都怎么处理了呢？"一位鼻子下长着一个巨大的疣，红光满面的先生好奇地问着，他一说话，那个巨大的疣就像一个雄火鸡腮下肉一样，来回地抖动着。

"我也没听说怎么处理了，"长着大下巴的先生回答说，接着又打了个哈欠，又说了一句，"我所知道的就是，他把钱财留给了那个公司，反正不会留给我的。"

这句幽默的话，逗得一位绅士大笑了起来。

"好像只是举办了一个非常便宜的葬礼，"大下巴说，"凡是我认识的人中，没有一个前去的。我们真应该组织一个聚会，去充当他葬

礼的志愿者。"

"如果能有午餐可以吃，我无所谓，"鼻子长着疣的先生说，"我唯一的条件，就是有饭吃。"

另外一个人笑了起来。

"哦！毕竟，在你们当中，我是最无私的一个了，"最初说话的那个人说道，"因为我从来不戴黑手套，我从来不吃午餐。如果有其他人同意去的话，我也会奉陪的。但我又转念一想，我又不是逝者最好的朋友，我们只是见面问个好，道个别，只是泛泛之交！"

在一起聊天的人们和倾听者们离开了，一会儿就又融入其他的人群中。斯克鲁奇认识这些人，同时，他也期待这位鬼怪能够给他一个详细的解释。

鬼怪又带他滑翔着飞到大街上。它用手指了指前面正在交谈的两个人，示意斯克鲁奇，再去听一听，这两个人会给他答案的。

斯克鲁奇也非常熟悉这两个人。他俩都是生意人：他们非常富有，都是赫赫有名的大财主。他们总是被人敬仰，令人尊敬：从一个商人的角度看，是这样的，确确实实只能从一个商人的角度出发，并被商人认可。

"你好！"一个人说。

"你好！"另一个人回答道。

"好吧！"第一个人说，"嗨，老恶魔罪有应得？"

"我得到了消息，"第二个人回答着，"天寒地冻，不是吗？"

"圣诞节特有的天气。我猜你不会滑冰？"

"是的，是的。我们想点别的事情。早上好！"

第四部分 最后一位鬼怪的来访

他们就没再说一句话。这就是他们的见面，他们的交谈内容，也是他们的生活内容。

斯克鲁奇很好奇，这个鬼怪怎么只是让他听一些普普通通的对话，都是琐碎的交谈；不过，从这些人的交谈中，似乎也隐含着其他的目的。他费尽心思地思忖着可能的目的。他们的谈话不像与他的老搭档马利之死有关，因为那是已经过去的事情了，这个鬼怪来到的意图是"将来"会发生的。他也捉摸不透，刚才看到的这些与自己有什么直接的关联性。他也无法把他们谈话的内容和自己联系起来。无疑，这些人的对话无论和谁有关联，都是在让他得到启发，所以他还是决定把自己听到的每一句话，看到的每一个画面都牢牢地铭记在心。他还要特别留意那些有他的影子出现的场景。因为只有这样做，将来遇到相似情境的时候，他才能找到一些线索，解开谜题，他把这些都当成了自己的救命稻草。

他四处张望，努力地寻找着自己的影子。可是，在钟表指针指向了固定时间，他平常都会停留的那个角落里，竟然站着另外一个人。在进进出出那个大门的人群中，他找不到一个长得像自己的人。然而，他还是稍微有些吃惊，因为他已经在脑海中一遍又一遍地想过，并满怀期待地想要看看自己改过自新后的样子。

那个幻影鬼怪安静地站在他的身旁，除一只看得见的手外，只见一团漆黑。而就是那只手，让斯克鲁奇从纷繁的思绪中醒过神来。斯克鲁奇特别喜欢观察这个鬼怪的手指所指示的方向，还有每次那只手在向他做出提醒的姿势时，都让斯克鲁奇觉得有一双见不到的眼睛在恶狠狠地注视着他。这让他浑身战栗，冷到了骨髓里。

圣诞颂歌

他们离开了这个热热闹闹的大厅,来到了一个偏僻的小镇,虽然斯克鲁奇听过这个恶名远扬的地方,但他以前从未来过。脚下的道路变得越来越难走,脏乱不堪,非常狭窄;周围的商店和房屋破败不堪;行走在周围的人们衣衫褴褛,醉醺醺的,邋邋遢遢,无比丑陋。正如那些散发着恶臭的污水池一样,每个胡同和过道都散发着恶臭,到处都是人们的粪便、呕吐物以及各种生活垃圾。这个区域简直就是罪恶、污秽和痛苦的地狱。

在这个令人不愿意直视的恐怖之所的深处,在那个倾斜着屋顶的下方,有一家低矮的小店,正在进行收购废铁、破布条、玻璃瓶、骨头、动物的油脂内脏。房子里的地面上,正堆积着一堆又一堆锈迹斑斑的钥匙、钉子、链条、小五金件、锉刀、秤砣、砝码等。很少有人能从这些东西里找到秘密,更难以相信秘密会藏在这些堆积如山的破布条中,以及一团团的烂肉和如同尸骨一般的白骨之中。一位大约70多岁的白发苍苍的糟老头儿,正坐在他经营的这堆破烂之中,房子里还有一个用废砖头搭建的火炉。他正在向一根绳子上挂着一个臭气熏天的,用七零八散的破布条缝补在一起的帘子,来抵挡严寒,但那个帘子似乎一点儿也不管用。他找了个落脚的地方,点燃烟斗,奢侈地吸着。他的表情是那么的得意扬扬。

斯克鲁奇和鬼怪走到这个男人的近前,正好有个女人手里拿着一个大包裹,走进了店铺。她刚走进来,就接踵而来了另一个提着包裹

第四部分 最后一位鬼怪的来访

的女人；后进来的这个女人身后，紧跟着一个穿着褪色衣服的男人；几乎是在同一瞬间，三个人都怔住了，他们彼此都认识，大家惊讶了一会儿后，那个杂货铺里的老人也走了过来，他们三个人爆发出一阵大笑。

"瞧一瞧，清洁女工第一个到的！"第一个先进入的女人大声地喊着说，"瞧一瞧，洗衣女工是第二个到的；殡仪馆的男人是第三个到的。大家都来看看哦，老伙计乔，竟然也来凑热闹！真是好机会！如果我们没有来这儿，怎么会有这么好的机会相遇！"

"你们不会找到比这里更好的地方了，"老伙计乔，一边把烟斗从嘴里拿开，一边说道，"进来吧，到客厅来吧！你很久以前就是我的常客了，早就不用客气了。另外两位又不陌生，都是熟人。稍等一下，让我先把门关好。哎呀！瞧这门总是吱吱嘎嘎地响个不停！我只能说，所有生锈的零件中，没有其他的链条像这道门这么锈得严重的了。我也知道，这儿也没有像我这么老的骨头了。哈哈哈！我们都是配合密切的人，每个人都从事着不同的职业。我们都比较合得来。快些，进客厅来吧，到客厅里来吧！"

所谓的客厅就是破布帘后面的一块地方。老乔头儿用一根地毯棍戳了戳火炉，又把那个被烟熏得黑黢黢的灯罩扶正（因为现在是夜晚），他又把烟袋嘴放入嘴里。当老乔头儿在做这些事情的时候，第一个进来的女人已经解开了手里的包裹，把东西散落在地板上，一屁股坐在了一个来回摇晃的板凳上，两手来回地抚摸着自己的膝盖，抬头用蔑视的眼神，看着另外一个女人。

"这有什么大不了的！这有什么大不了的，迪尔贝尔太太，对不对？"那个女人说着，"每个人都有权利照顾好自己。他就是总这样做的！"

"的确如此，真的！"洗衣女工说道，"没有其他男人像他那样的。"

"那又怎样呢？女人，要是你害怕了，就别站在那儿看；谁更聪明呢？我们又不是来找茬的。不是吗？"

"确实如此，有道理！"迪尔贝尔太太和另一个男人同声附和道，"我们也不希望这样。"

"那就更没什么可说的了！"那个女人大喊着，"这就够了，谁会因为丢了像这样的几件东西而感到糟糕的呢？我认为，我们又不是死人。"

"是的，的确如此。"迪尔贝尔太太一边笑着，一边说着。

"如果这个吝啬鬼想要在死后留着这些东西，"那个女人继续说道，"那么，在他还活着的时候，他怎么就想不通呢？如果他想通了，对人仁慈和蔼，在他临终前，没人照顾的日子里，就会有人去帮把手，而不会像这个样子，孤苦无依，一个人慢慢地饿死在那里，咽下了最后一口气。"

"这真是应了那句古话，"迪尔贝尔太太说着，"多行不义必自毙。"

"我真的希望这个包裹再沉重一些才好，"那个女人回答说，"要是我的手当时能拿到更多的东西，我的包裹一定比这些沉。乔老头儿，打开那个包裹吧，也让我知道这些没白忙。坦白地讲，我并不害怕当第一人，也不害怕被人看到。我们都知道，这么做完全是帮助我们自己，我认为，在我们相遇之前，我们干的这件事，并不是罪恶的。老乔头儿，打开那个包裹吧！看看能值多少？"

不过，她的那两个勇敢的朋友不同意这么做。那个穿着褪色衣服的男人，第一个抢着伸手就把自己的战利品拿了出来，那些东西也不是什么值钱的玩意儿，只不过是一两个印章，一个铅笔盒，一双戴纽扣的袖套，还有一个不太值钱的胸针，这些就是他的全部东西了。乔老头儿一一地仔细检查着，仔细地鉴别着，并且把每件打算付钱的商品用粉笔写在墙上，等到再没有任何商品的时候，再把所有的价钱加在一起。

"这笔钱是你的，"老乔头儿说，"这些是最高的价格了，甭想让我多加六便士，除非把我下油锅炸了，否则就这么办。下一个是谁的呢？"

第四部分　最后一位鬼怪的来访

这次轮到了迪尔贝尔太太。她拿来的是几条被单和毛巾，一件小衣服，两把老式的银汤勺，一把糖钳子，还有几只靴子。她的这些东西也同样被老乔头儿写在了墙上。

"我总会给女士很多。这也是我的弱点。这会让我破产的，"老乔头儿说道，"墙上的这个数字就是你的钱数。如果你问我多要一分钱，都是不可能的事情了，因为我很后悔给了你这么多，你再张嘴向我多要的话，就只能再少给你半个克朗。"

"老乔，现在轮到我的包裹了，请打开看看吧！"第一个女士说道。

为了能打开包裹，老乔头儿跪了下来，麻利地揭开包裹的一个接着一个的结，拖出一大卷又重又黑的东西。

"这是个什么东西呢？"老乔头儿说，"床的帷幔吗？"

"啊！"那个女人双手交叉在胸前，大喊了一声，一边大笑，一边往前倾斜，"帷幔！"

"你难道是在他还躺在床上的时候，就把那些帷幔连同那些铜环什么的一起拆下来了吗？"老乔头儿问道。

"是的，我就那么做的，"那个女人回答说，"有什么不可以吗？"

"你天生就是发财的命，"老乔头儿说，"你一定会发大财的。"

"就因为是他的缘故，我只要伸手能够到的东西，我绝对不会手下留情的，碰到什么，就拿什么。老乔，我向你保证，我不会对他的东西手软的，"这个女人一脸严肃，冷冰冰地说，"现在，你可别把油滴到毯子上。"

"那是他的毯子吗？"老乔头儿问。

"那还能有谁的呢？"那个女人回答说，"我敢说，没有毯子，他也不会着凉的。"

"我希望他不是因为某种传染性疾病而死的，对吧？"老乔头儿把手里的毯子扔下，抬头看着大家。

"这点你不必担心，"这个女人回答说，"啊哈！如果他是因为得了传染病而死的，我才不会费这么大的力气拿来这个毯子。为了拿这些东西，还和他共处一室很长时间。你再看看那件衬衫，相信你一定会大吃一惊的。因为就算你把眼睛看疼了，也找不到一个窟窿。这件衬衣是他最好的一件衣服，做工精细。要是我不先拿到手，他们可能就把它给糟蹋了。"

"你说把它给糟蹋了，是什么意思呢？"老乔头儿问。

"就是他穿着这件衬衫，被埋葬掉啊！"那个女人大笑着回答，"有些蠢人会那么干的，不过，还好我够聪明，把这件衬衫从他的身上又扒下来了。如果白棉布都不够好的话，就没有任何更好的东西能适合他的了。那具尸体，用白布就是很好的搭配了。要是他穿着这件衬衫又盖上白布，别说有多么难看了。所以，我就给他脱了下来。"

斯克鲁奇胆战心惊地听着这些人的对话。那个老男人提着的油灯发出暗淡的光亮，他们围坐在自己的战利品四周。斯克鲁奇非常生气

第四部分 最后一位鬼怪的来访

地用恶狠狠的眼神看着这些人,即使是正在兜售尸体的可恶魔鬼,也好过他们这些人的行径。

"哈!哈!"当老乔头儿从他的绒布钱袋中取出钱来,按照每个人应得的部分堆放在地板上的时候,那个女人发出了灿烂的大笑声。"你们也看到了,这就是因果报应。当他还活着的时候,他把自己身边的人都吓跑。而当他死了,却让我发了一笔小财!哈!哈!哈!"

"鬼怪啊!"斯克鲁奇浑身哆嗦着说,"我现在知道了,我知道了。那个不幸的男人就是我啊!我现在的样子,就是正在朝着那个方向发展的。仁慈的主啊!怎么会是这样的!"

他万分恐惧地往后退缩着,这时候,周围的情境又变了。他几乎碰到了一张床:那是一张没有帷幔的床,光秃秃的,床上没有毯子,一个破布盖着什么东西,虽然那个东西毫无声息,但正在向四周散发着可怕的信息。

房间里漆黑一片。虽然斯克鲁奇被一种莫名其妙的好奇心驱使,想要看看这是什么地方。他四处打量,但四周太黑了,他什么也看不见。突然,一道苍白的光亮从屋外照了进来,那光亮直接投射在床上。他能看到床上的那个尸体,就是刚才那些人提到的,被抢劫一空,遭人唾弃,无人守护,无人为之哭泣,无人照顾——那个男人的尸体。

斯克鲁奇瞟了一眼鬼怪。只见那个鬼怪的手正指着尸体的头。那个头是如此草率地被胡乱地蒙着,甚至那个破布已经快要从尸体的头上滑落了。只要斯克鲁奇动一动手指,轻微地掀一掀,就能露出尸体的脸来。他思忖着,感觉这是多么容易做到的事情啊,也是他渴望去做的。然而,他却没有力量去掀开那个破布,就如同他没有力量赶走

身边的这个鬼怪一样。

　　冷酷的，冰冷的，无情的，可怕的死神啊！您在这里设立了您的祭坛。您用您所能下达的命令，一手装点设计了这样一个可怕的祭坛！因为这就是您的权利啊！可是对于那个令人爱慕、受人尊敬，而且又无比高贵的头颅，您却不能按照您那可怕的意志拔掉他的一根头发，也不能让他的某一部分变得格外丑陋。并不是那只手被松开的时候，变得无比沉重，往下垂落；也并不是因为他的心脏和脉搏已经停止了跳动，而是因为那只手曾经是开放的、慷慨的，而又真实地存在过的。那颗心曾是勇敢无畏的、温暖无比的，而又慈爱温柔地存在过的；那跳动的脉搏是属于一个男子汉的热烈脉搏。脉搏一下又一下地跳动着，打击着，私密而又欢快！让我们看一看，他的善举正从伤口中涌出，让自己不朽的生命在世界各地传颂！

　　斯克鲁奇盯着这张床的时候，这些话语竟然不由自主地就进入了他的耳朵，他一边听着，一边看着那张床。他在想，要是这个人能够死而复生的话，他第一个想做的会是什么呢？是贪得无厌，斤斤计较，克扣盘剥吗？说实话，这些价值观曾经一度给他带来了那么多的财富！

　　他现在就那样孤苦无依地躺在那里，躺在漆黑又家徒四壁的房子里，周围没有一个人，没有一个女人，没有一个孩子，更没有一个人说他曾经帮助过别人，给别人带去了温暖，也没有人曾记得他的一句好话，更没有人对他感恩戴德。整个空荡荡的房间中只有一只猫在不停地挠着房门，壁炉砖头下面的老鼠发出的啃噬之音，其他就再没有任何东西存在了。它们想要这个存放着死尸房间里的什么东西呢，为什么它们如此急躁不安，又如此渴望进来骚扰呢？斯克鲁奇不敢再往

第四部分 最后一位鬼怪的来访

下想了。

"鬼怪啊!"斯克鲁奇说,"这里真是一个可怕的地方。我们离开吧!我会记住这个教训的。请相信我,我们离开吧!"

那个鬼怪仍然在用手指着那个尸体的头。

"我懂你的意思,"斯克鲁奇回答道,"如果我有力气的话,我会去掀开破布的。不过,我现在根本没有力气。鬼怪啊!我真的没力气去干这件事。"

那个鬼怪再一次看了看他。

"如果这个镇上还有其他人会为这个人的死感到伤心的话,"斯克鲁奇非常痛苦地说,"鬼怪,我相信你,请带我去看一看那个人吧!"

那个黑暗的幻影鬼怪就像插上了翅膀一样,铺展开自己的长袍,过了一会儿,又放下了黑色的翅膀。整个房间是白天的景象了,一个母亲带着她的孩子们。

女人正在等待着什么人。因为她的表情是那么的焦急,来来回回地在房间里走来走去。她仔细地倾听着任何动静,朝窗户外张望;时不时地看一眼墙上的时钟;她想去做针线活儿,但却静不下来,几乎无法忍受孩子们打闹时发出的噪声。

她终于听到了自己期盼已久的敲门声。她急匆匆地去开门,丈夫回来了。那个男人虽然是个年轻人,但确满面沧桑,一脸的抑郁和沮丧。见到了妻子,他的脸上却浮现出一种莫名其妙的表情,那是一种他会感到羞耻的某种欣喜之色,他很难露出那种表情来。

他坐下来开始吃晚餐,刚才他的妻子已经把晚餐放在炉子上热过了。他的妻子战战兢兢地问他,有什么消息(那是在一阵漫长的寂静后，才出现的声音），他有些不知如何回答地皱了皱眉。

"是好消息吗?"她说，"还是坏消息呢?"妻子在尽力地引导他，让他开口。

"坏消息。"他回答。

"我们相当倒霉吗?"

"不，卡洛琳，我们还有希望。"

"如果他大发慈悲，"她吃惊地说，"还有希望啊！除非有奇迹发生，否则我们哪里来的希望呢?"

"他已经没有机会大发慈悲了，"她的丈夫说道，"他死了。"

如果说她的表情在告诉我们什么的话，那就是她是一个雅致又有耐心的女人。不过，在这个女人听到了这个消息后，竟然透露出说不出的欣喜和感激之情，她双手合十，祈祷上帝能宽恕，露出悲伤的表情。不过，第一种，才是她内心的真实情感。

"我昨天想要去看他,并请求他再延缓一周的时间时,那个喝得半醉的女人给我拦住了。我当时本以为是个借口而已,没想到却是实情。估计那个时候他已经病入膏肓,快要死了。"

"我们的欠账,以后会由谁来接管呢?"

"我不知道。不过我们可以有充分的时间来准备钱了。即使我们没有准备好足够的钱,如果他的继承人也像他一样冷酷无情,估计我们会更倒霉的。卡洛琳,不管怎样,我们今晚可以睡个安稳觉了。"

的确如此。他们这一家子,终于可以先松一口气了。当听到这个消息的时候,孩子们也围了过来,听着父母讲述这件他们几乎听不懂的故事,这个房子的每个人都露出了欣喜的表情;看来,那个人的死,给这个家庭带来了一丝安慰!这是这个鬼怪唯一能展示给斯克鲁奇的,因为那个人的死亡,而让别人感到了欣慰和高兴。

"让我们再看看与那个人的死相关的更仁慈的部分,"斯克鲁奇说道,"鬼怪,否则刚才我们见到的那个可怕的黑屋子的景象会一直留在我的脑海中的。"

于是,那个鬼怪就带着他穿过了几个街道。斯克鲁奇很好奇,因为自己的脚非常熟悉这些街道,他边走边看,想要找到任何有自己影子的地方,但一直到现在,他都没看到有自己的影子。他们进入了那个可怜的伙计鲍勃·克拉切的家。他以前曾来过这里,所以熟悉这里的地形。他们看到家里母亲和孩子们正围坐在火炉旁。

房间里格外安静。一点儿声音都没有。就连那个吵闹的小不点儿克拉契也像个雕像一样坐在角落里,他们都坐在那里,看着面前放了一本书的彼得。那位母亲和女儿们正在忙着手里的针线活儿。不过,奇怪的是，这一家子人都是那么的安静！

"他就带走了一个孩子，让他站在了他们之中。"

斯克鲁奇在什么地方曾听过这句话呢？他并不是在做梦。可能是刚才他和鬼怪迈进门的一刹那，那个男孩子大声地朗读了出来的。但为什么他没有继续读下去呢？"

那位母亲把针线活儿放在了桌子上，用一只手掩住了脸。

"这针线活儿的颜色，太刺眼了。"她说道。

颜色吗？啊哈，可怜的小小蒂姆啊！

"现在又好些了，"克拉切太太说，"可能是烛光，让我的眼睛变模糊了。等你们的爸爸回来后，我一定不能让他看出我的眼睛变得模糊了。这个时候，他应该快到家了。"

"已经晚点了，"彼得回答。接着，他合上了书本，"妈妈，我最近几个晚上看到他都是步履蹒跚的，好像有什么心事似的。"

他们又都沉默了，不再说话。最后，母亲语重心长的，语调中又带着欢快，在讲述的过程中，只磕巴了一次。

"我也注意到了他走路的姿势——只是因为小小蒂姆在他的肩膀上的缘故，否则他会走得很快的。他的确走得很快。"

"我也注意到了，"彼得大喊着，"经常如此。"

"我也知道是那样儿！"

第四部分 最后一位鬼怪的来访

另一个孩子补充说,其他孩子也模仿着这样说。

"可是,小小蒂姆非常轻啊!"那位母亲又拿起针线活儿,继续干了起来,"父亲爱他,不会有什么事儿的,不会有麻烦的。你们的父亲就在门口了!"

这位母亲匆忙地赶过去见丈夫;小小鲍勃的脖子上围着羊毛围巾——可怜的孩子啊!他需要围巾保暖——快进来吧!孩子们早早就把父亲的茶水放在火炉的铁架上了——大多数情况下,孩子们都会提前给他准备好的。家里的两个最年幼的孩子飞快地跑了过来,坐在父亲的膝盖上,一条腿上一个孩子,一侧脸颊一个孩子,仿佛她们在对父亲说:"爸爸,别担心,别难过!"

鲍勃满面笑容,开心地和家人们讲话。他看了看桌子上的手工活儿,对太太和女儿们的杰作大加赞赏。

"看样子,你们周五之前就能完工了,"他说道,"这个星期日才能完工!罗伯特,你今天过去了吗?"他的妻子问道。

"亲爱的,我去过了,"鲍勃回答说,"我真希望你也在场。要是你看到那么青翠欲滴的地方,一定会感到欣慰的。不过,你以后会经常看到的。我曾对他保证过,每逢周日,我都会去墓地看他的。我的上帝啊!"鲍勃大喊着,"我的上——帝啊!"

他立刻打断了孩子们的注意力。他想忍住,但实在忍不住。如果他能忍住的话,他和他的孩子可能会拉开距离的。他离开了这个房子,径直朝着楼上走去,大家曾在那里热热闹闹地过圣诞节。房间里还张贴着过节时候的各种饰品。在那个孩子的旁边,放着一把椅子,看起来有人刚刚在那把椅子上坐过。可怜的鲍勃一屁股坐了上去,他沉思

了一会儿，让自己冷静冷静，接着他亲了亲那个孩子的脸蛋儿。他接受了已经发生的事实，自己尽力面带笑容地走下了楼。

他来到了家人们围坐的火炉旁，和大家一起聊了起来。母亲和女孩们还在努力地忙着手里的针线活儿。鲍勃给他们讲述了斯克鲁奇的外甥该有多么的仁慈，虽然他只是见过他一次，只是在大街上见到了他，他看起来稍微有点儿——"只是有点儿消沉，"鲍勃说，我只是上前问他怎么了。"对于这个询问，"鲍勃说，我告诉他，他是我见过的最和蔼可亲的绅士。"克拉切先生，我真心为此难过，"他说，"为您的那位好太太难过。"顺便说一句，我真的不知道他如何听说这件事的。

"亲爱的，知道什么呢？"

"哎呀！就是说你是个好太太，这件事儿。"鲍勃回答。

"每个人都知道啊！"彼得说。

"我的孩子，你说得的确对！"鲍勃喊着，"我希望他们是'发自肺腑的难过'，"他说道，"要是我能有什么地方帮得上忙的话，您尽管开口，只是为了您的好太太，"他一边说，还一边递给了鲍勃名片，"我就住在这里，随时欢迎你来哦。"鲍勃大喊着，"大家瞧瞧，他的话并没有其他意思，只是如果我们需要的话，可以找他帮忙。他似乎很愿意帮助我们。他只是这么说，就让我们感到非常开心了。他似乎还知道咱家的小小蒂姆，他很关心我们。"

"我敢说，他是个好人！"克拉切太太说。

"亲爱的，你说得没错，"鲍勃说，"要是你见到他，和他说话，就更能笃定这点了，对我刚才的描述感到不足为奇了。他会给彼得一

个好工作的。"

"听一听,彼得。"克拉切太太说。"然后呢,"一个女孩喊着,"彼得将要去给某人干活儿了,他能自己养活自己了。"

"还会养活你的!"彼得露齿而笑地回答着。

"真不可思议,"鲍勃说,"这些日子中唯一一件令人高兴的大事;我的小可爱,虽然还有很多时间,但无论如何,我们都得分离的。我敢保证,大家都不会忘记可怜的小小蒂姆——怎么说——或许这是我们的第一次离别吗?"

"永不分离,爸爸!"所有的孩子们齐声喊道。

"我知道大家的想法,"鲍勃说,"我的小亲亲们,我知道的。当我们回想起他是多么的有耐心,多么的温和;虽然他还是个小孩子;我们家的孩子从不吵架,总是把他当成一个健全的孩子来看。"

"是的,父亲,我们永远都这样对他!"孩子们再一次喊着。

第四部分 最后一位鬼怪的来访

"我很幸福,"小鲍勃说,"我很幸福!"

克拉切太太亲吻着小鲍勃,姐姐们也亲吻他,两个最小的孩子也亲吻他。彼得走过来,和他握手。小小蒂姆也精神百倍,神赐给了孩子们天真无邪的可爱!

"鬼怪,"斯克鲁奇说,"我怎么预感我们就要分离了呢?我知道,可是我不知道是现在。告诉我,我们刚才看到的那个躺在那里的死人是谁呢?"

这个圣诞鬼怪也没有回答他的问题,在那之前——在不同的时间,他心想:的确如此,在最近的幻境中,似乎没有其他的提示了,都是未来会发生的事情——他们见到了那些生意人,但唯独没有让他看到自己的影像。鬼怪的确也有不知道的事情。除了往前走,直到走了这么多地方,也没有解决他的疑惑。直到现在斯克鲁奇恳求着,想要看看那个死人是谁。

"真的求求你了,"斯克鲁奇说道,"我们匆匆看了这么多,我们去过了我曾工作过的地方,也浪费了很多时间。我看到了房子。现在让我看看我应该看的场景吧!看看我的未来是怎样的。"

鬼怪停了下来。手指指着别处。

"远处的那个房子,"斯克鲁奇大喊着,"你为什么总是跑题呢?"

那个鬼怪的手指还是纹丝不动地指着那个方向。

斯克鲁奇凑近自己办公室的窗户,朝里面看。那里还是一个办公室,但不是他的办公室了。因为里面的家具摆设已经不是他的家具了,那把椅子也不是他经常坐的那个了。鬼怪还是指着,没有任何变化。

他再一次跟随着鬼怪的手指方向,好奇这个鬼怪怎么指着某个方

向，无论鬼怪指向了哪里，他都凑过去看，直到他们来到了一个大铁门前。在进入之前，斯克鲁奇停了下来。

这是一个墓地。此刻，他所认识的那些人死后都埋在了这里，埋在了泥土下面。这里真是一个风水宝地。四周建有围墙，荒草丛生，还有枯死的绿植，没有一丝的生气；人们死后，就成了那些植物的食物，所以植物都会长得无比粗壮。但冬季到了，植物也枯萎了。这里的确是个风水宝地！

鬼怪站在墓穴中间，用手指指着其中一个坟墓。斯克鲁奇战战兢兢地往前移动。那个鬼怪还和以前没什么两样，同样的姿势，只不过令斯克鲁奇害怕的是它的严肃外形所阐释的意义。

"你是让我走进那个石头看看上面的字迹吗？"斯克鲁奇问道，"请回答我的一个问题。这些东西的影子会有什么预示吗？或者它们在影射了什么可能会发生的事情吗？"

鬼怪仍然纹丝不动地指着那个墓碑。

"人类的历程总是预示着某些结局。如果坚持到底的话，它们一定会有发现的，"斯克鲁奇说，"如果这些历程出现了变化，人们的结局也会发生变化。告诉我吧，你想要给我看什么？！"

那个鬼怪还是保持着那种固定不变的姿势，不回答。

斯克鲁奇蹑手蹑脚地，一步接着一步地，朝着鬼怪手指的方向，向前走去；他大声地读着墓碑上自己的名字：埃比尼泽·斯克鲁奇之墓！

"那个躺在床上的死人就是我吗？"他大声地哭喊着，双膝跪地。

鬼怪的手指从坟墓指向了他，然后又指向了坟墓。

"哦！不，鬼怪！哦！不，不，不！"

第四部分　最后一位鬼怪的来访

那个手指依旧这样指着。

"鬼怪!"他哭喊着,紧紧地想要抓住鬼怪的长袍,"听我说,我不再是以前的那个混蛋男人了。除了这种结局,你让我做什么都可以。我会痛改前非的。为什么要给我看这个呢,难道说我还有救吗?"

那只手第一次出现了颤抖。

"行行好吧,鬼怪!"他恳求着,同时朝着地上磕头:"你的使命就是来说服我的,同情我的。请答应我吧,我是能改过自新的人,我会重新做人的!"

那个慈祥的手还在颤抖着。

"我会发自内心地热爱圣诞节的。我会每年都好好过圣诞节的。我会生活在过去、现在和未来的。三个鬼怪都是为了唤醒我的良知。我会永远记得它们给我的教训的。哦,请告诉我,我可以把我的名字从这块石头上擦去!"

他非常痛苦,抓住了鬼怪的手。但很快,鬼怪就把自己的手抽离了,他苦苦地哀求着,想要抓住鬼怪的手。那个鬼怪似乎变得力气无比强大,总能把他推开。

最后,他双手合十,祈祷着自己的命运出现奇迹。他看着眼前的鬼怪身上的斗篷渐渐地缩小,再缩小,一直缩小进入了床柱子之中,消失不见了。

尾声

圣诞颂歌

是的,那个床柱子就是他的床上的。那张床还是那张床,房间还是那个房间。一切都是原貌,保持着最初的样子。在所有事物当中,最好又最幸福的事情是:他还有时间,可以弥补自己的过失!

"我会活在过去,现在和未来的!"斯克鲁奇自言自语地说着,一骨碌爬了起来。"这三个鬼怪都是为了让我醒悟过来。哦!老伙计,雅各·马利!天堂和圣诞节都值得赞美!我会信守承诺的,雅各!我会信守承诺的!我会重新做人的。"

他因为自己内心充满了好的愿景,而激动不已,无比亢奋,甚至他那时断时续的声音,难以串联成一句话。他刚才和那个鬼怪乞求的时候,他就已经泪流满面了。

"这些帷幔没被摘下来,"斯克鲁奇哭喊着,他用手拉开了帷幔,"铜环还是好好的,都在这儿,我也还活着呢!那些还没影儿的事情,还没发生,可能已经被赦免了。会有那一天到来的,我知道的,会有那一天的。"

他一边嘀咕着,一边手里不停地拨弄着衣服;一会儿把衣服翻到外面,一会儿又把衣服调过来,上扯扯,下拽拽,一会儿把衣服错穿

尾 声

上,随意地把衣服弄出各种奇怪的形状。

"我不知道做什么!"斯克鲁奇大喊着。他大口地喘着气,又是哭,又是笑。他用自己的长袜子,把自己缠成一个拉奥孔。"我似羽毛一样轻,我就是一个快乐的天使。我如同调皮的男孩一样快乐。我也像一个醉汉那样醉生梦死。祝贺人们圣诞快乐!祝贺全世界的人们新年快乐!你好!你们好!呵呵!哈啰!"

现在,他已经蹦蹦跳跳地来到了起居室,气喘吁吁地,站在那里。

"那个盛稀饭的平底锅还放在那里!"斯克鲁奇喊着,又欢快地跳到这儿,跳到那儿,绕着壁炉四处跳动,"这是一扇门,雅各·马利的魂儿就是从这儿进来的!那个角落就是有个圣诞鬼怪从这儿出来的,坐在那里的。我就是从这扇窗户看到了那些徘徊着的鬼怪的!这些都是真的,都是真的,一切都发生过了。哈!哈!哈!"

确实如此,这对一个多年来从来不笑的人来说,积年累月的笑声刹那间突然爆发了出来,是那样的精彩!是那样的明亮!也是所有笑声当中最辉煌的笑声了。那长长的灿然又响亮的笑声,可以称得上是所有笑声之父了。

"我不知道今天是这个月的第几天了!"斯克鲁奇说,"我也不知道自己和鬼怪待了多久。我什么也不记得了,我只是知道自己完全变成了一个孩子。没关系的,我不在乎。我宁愿自己变成一个小婴儿。

你好！你们好！呵呵！哈啰！"

当教堂钟声敲响的时候，他感觉自己以前从未听过这么浑厚响亮的钟声。钟锤一下接着一下地发出叮咚，咔嚓，叮叮当当，咔嚓咔嚓，叮叮当当的声响！哦！太美妙了！太动听了！"

他跑到窗口，打开了窗户。

"今天是什么日子呢？"斯克鲁奇朝着楼下的一个穿着做礼拜服装的男孩大喊，那个孩子可能是闲来无事，四处逛逛，正好抬头看到了斯克鲁奇。

"什么？"男孩回答着，满脸疑惑地看着他。

"我的好小子，今天是什么日子呢？"斯克鲁奇问。

"今天吗？"男孩回答道，"怎么，您不知道今天是圣诞节啊！"

"是圣诞节啊！"斯克鲁奇自言自语地说道，"我还没有错过圣诞节啊！我竟然在一个晚上就见了三个鬼怪啊！他们的确想做什么，就能做什么。的确如此。你好啊！我的好小子！"

"您好！"男孩回答着。

"你认识街角的那家熟食店吗？"斯克鲁奇问着。

"我知道！"男孩回答。

"你真是个聪明的孩子！"斯克鲁奇说，"你真了不起！你是否知道他们现在还在卖火鸡吗？不是那种小个头的，我要那种特大的火鸡。"

"什么，像我这么大个头的吗？"男孩回答着。

"真是个聪明的孩子！"斯克鲁奇说，"真开心和你谈话。是的，我要最大的火鸡！你真是个好孩子！"

"最大的火鸡还挂在店里。"男孩回答。

"真的吗?"斯克鲁奇说,"赶紧去帮我买火鸡。"

"让我走着去给你买来吗?"男孩大喊着。

"不,不,"斯克鲁奇说,"我是非常认真的。你去那家店,把店老板叫来。我要给他送火鸡的地址。如果你能把那个老板叫来,我就给你一先令。如果你能在五分钟内把他叫来,我就给你半克朗的钱!"

男孩听了这句话,像一颗子弹一样,朝着那家火鸡店飞奔而去。那个孩子的速度飞快,估计必须有人镇定自若地扣动扳机,才能发射出孩子奔跑速度一半的子弹。

"我要给鲍勃·克拉切送个大火鸡!"斯克鲁奇小声地嘀咕着,搓着双手,不时地爆发出阵阵笑声。"他一定不知道是谁送的火鸡。那只火鸡能有小小蒂姆两倍大。老掉牙的笑话集也没有比这个更让鲍勃开心的了!"他激动得连写字的笔都握不住了,字迹歪歪扭扭的,但他还是写好了具体的地址,具体的收件人,走下楼,打开了前门,在那里等待着火鸡店的老板。当他站在那里等待火鸡店老板的时候,他不经意间看到了那个门环。

"我真的该爱它,只要我还活着,我就该爱它!"斯克鲁奇一边说着,一边用手轻轻地拍打着门环。"我以前从没留意它。它有着多么诚恳厚道的表情啊!真是个好得不能再好的门环啊!——火鸡来了!你好!哈啰!喔噢!你好啊!圣诞节快乐啊!"

这只火鸡真够大的!看起来,那只火鸡庞大的身体几乎都无法站立。如果它能站立一分钟,估计也会被自己那庞大的身躯把腿压断的,火鸡腿的断裂就宛若折断的封蜡似的。

尾 声

"哎呀！不可能提着这家伙直接到卡姆登镇，"斯克鲁奇说，"你必须叫辆马车。"

斯克鲁奇付火鸡钱的时候，露出灿烂的笑容；他付马车钱的时候，也是咯咯地笑着；他付钱给那个男孩的时候，也同样是咯咯地笑着；这些笑声都高过于他重新坐回椅子上发出的笑声，他又坐回到了椅子里，笑着笑着，直到哭了起来。

因为他的手总是颤抖不停，所以刮胡子的确是一件困难的事情；因为刮胡子需要注意力高度集中，即使你在刮胡子的时候，没有手舞足蹈，也得全神贯注才可以。要是他不小心把自己的鼻子尖给削掉了，他也会贴上一块儿橡皮膏的，也会为自己的杰作感到无比满意的。

他穿上了自己"家当中最好的衣服"，终于走到了大街上。此刻大街上，人潮汹涌。这些景象正如他和鬼怪一起看到的那样。斯克鲁奇

反背着手,面带笑容,乐呵呵地打量着周围的人们。总之,他的表情,非常和蔼可亲。他的改变竟然引得街上路过的三四个人主动和他打招呼。"早上好啊!先生!祝您圣诞快乐!"后来,斯克鲁奇常常提起那时的情境,他认为那些问候是他这辈子听过的最动听的声音了。他没走多远,就看到了那位胖胖的绅士朝他走了过来,这个人昨天下午曾来过他的账房,并对他说过:"这是斯克鲁奇和马利的商号吗?"斯克鲁奇边走,边琢磨,等到他俩遇到了的时候,这位绅士会怎样看他呢;而此刻的斯克鲁奇已经不是昨天的那个斯克鲁奇,他知道自己应该怎么做,于是他走上前去。

"我亲爱的先生,"斯克鲁奇加快自己的步伐追赶上那位绅士,主动和那位绅士握手,他说道,"你怎么样?我希望你昨天有所收获。你真是个好人。先生,祝你圣诞快乐!"

"斯克鲁奇先生吗?"

尾　声

"是的,"斯克鲁奇说道,"正是我,我对自己昨天的无礼向您道歉。我还想问问您,您是否还在做好事呢?"斯克鲁奇凑近那个绅士的耳边小声地嘀咕了一句。

"上帝真是保佑我啊!"那位绅士大喊着,仿佛自己都不认为是真事儿一样。"我亲爱的斯克鲁奇先生,您说的是真的吗?"

"如果您愿意相信,就是真的,"斯克鲁奇说,"并不是一点捐款哦。我向您保证,是大笔捐款。您愿意帮我这个忙吗?"

"当然乐意,我亲爱的先生,"那位胖绅士说着,和斯克鲁奇握着手。"我不知道,你是怎么——"

"请您别问为什么了,"斯克鲁奇说,"来看我。你会来看我吗?"

"当然!"那位老绅士大喊着回答。显然,他会愿意那么做的。

"谢谢您,"斯克鲁奇说,"我会感激您的。我会感谢您五十次的。祝福您!"

斯克鲁奇去了教堂,接着走在大街上,看着来来往往的人群,拍了拍孩子的头,问了问乞丐吃饭了吗,低头看着每家每户厨房里的美食，再仰视每家的窗户；他发现所有的事物都给他带来了愉悦感。他从未梦想过自己会有这样的散步——周围的每件事儿——都让他感到无比的幸福和快乐。在那天的下午，他转身朝自己外甥的家里走去。

他在外甥家的门口踱着步子，这样走了十几个来回。他要让自己鼓起勇气，去敲门。最后，他终于鼓起了勇气，敲了敲门。

"亲爱的，你家主人在家吗？"斯克鲁奇对一个小姑娘说道。那是一位漂亮的小姑娘！长得非常甜美。

"先生，他在家。"

"我可爱的姑娘，他在哪儿呢？"斯克鲁奇说。

"先生，他正在客厅里。和女主人在一起，如果您乐意的话，我可以给您带路。"

"谢谢你啊！他认识我，"斯克鲁奇说，他的手已经放在了客厅的门把手上了，"亲爱的，我要去见他。"

他轻轻地转动着门把手，从门缝里把自己的头伸了进去，身体还在门的外面。里面的人们正在看着一张桌子（上面摆放着各种各样的食物）；年轻的女主人们总是会在这个的盛大节日做好一桌饭菜的，她们也喜欢这样的丰盛晚餐。

"弗莱德！"斯克鲁奇喊着。

他亲爱的心脏还在跳动！真是不可思议啊！他的外甥媳妇别提有多么吃惊了！斯克鲁奇已经忘记了那个瞬间，忘记了她正坐在角落的那个脚凳上，否则他无论如何也不会那么叫的。

"啊呀呀，上帝保佑！"弗莱德大喊着，"看看，这是谁呀？"

"是我呀，你的舅舅，斯克鲁奇。我来吃晚餐。弗莱德，你让我进

来吗?"

当然不胜感激地让他进来啊!多么难得啊!他没有因为高兴而把自己的手臂握断,才是幸运呢。因为他的外甥简直不敢相信自己的眼睛了。斯克鲁奇在这个家里待了五分钟后,就开始熟稔了。没有什么比这里更热情了。他的外甥媳妇也无比热情。托比也走过来,热情地和他握手。家里的那个胖胖的妹妹也走过来,和他握手。房间里的每个人都和他握手。真是个伟大的聚会。精彩的游戏,无与伦比的默契,洋溢着非常美好的——幸福感!

不过,他要第二天早早起来去账房的。哦!时间还很多呢。要是他能第一个到那里,逮到鲍勃·克拉切迟到,那该是一件多么有趣的事儿啊!他存心要这么干的!

他做到了。的确做到了!时钟敲了九点,还不见鲍勃来。十五分钟过去了,还不见鲍勃来。他整整迟到了十八分钟半。斯克鲁奇把自己的房门大开着,坐在门口。这样他才能看到鲍勃进入他的那个"铁坦克"里。他在打开门之前,先摘掉了帽子和羊毛围巾,这样才能舒服些。他瞬间就坐在了凳子上,拿起笔来,飞快地写着,好像要追赶已经逝去的九点钟一样。

"哈啰!"斯克鲁奇尽可能地装出他以往的严厉声音吼叫着,"你今天这个点儿才到,你是什么意思?"

"先生,非常抱歉,"鲍勃说,"我的确迟到了。"

"你迟到了吗?"斯克鲁奇重复着,"是的,我认为你也迟到了。如果你愿意,过来一下。"

"先生,这只不过是一年只有一次的迟到,"鲍勃恳求着,他从那

尾 声

个大坦克里露出了头,"我以后不会再迟到了。先生,都是因为我昨天晚上玩得太高兴了。"

"我的朋友,现在让我来告诉你吧!"斯克鲁奇说,"我不打算再忍受这种事情了。因此,"他继续说着,从自己的凳子上跳了起来,这让鲍勃吓得又缩回到了自己的大坦克里面,"因此,我就要给你加薪水了!"

鲍勃正吓得一身冷汗,悄悄地靠近一把尺子,他的脑海中浮现出,把斯克鲁奇打倒在地的画面,然后抱着他,召唤院子里的所有人们都来帮忙,然后再弄一件塑身衣,把他裹得严严实实的。

"鲍勃!圣诞快乐!"斯克鲁奇一本正经地说着,用手拍了拍自己的后背,满脸真诚地说,"鲍勃,我的好伙计。圣诞快乐。我祝愿你过一个比以往都快乐的圣诞节!我给你增加薪水,你才能养活好你那一大家子人,努力改进你那团结奋斗的家人生活。我打算今天下午,我们俩一起喝着热气腾腾的圣诞节香果酒,一起讨论你的事情,如何呀?鲍勃!把炉火烧得旺旺的,再去买一大筐煤来吧,然后再去逗点酒吧要酒来吧!鲍勃·克拉切!"

斯克鲁奇做得比他说的还要好,他全都做到了,而且无限量地超过了。小小蒂姆还没有死,他做了他的干爹。他成了孩子的好朋友,一个好老板,好男人,他的好名声在整个城市都闻名遐迩。甚至其他的那些古老城市也能听到他的事迹,从一个城市传到了另外一个城市,从一个城市又传到了乡下小镇,人传人,传到了世界各地。人们都赞扬他的改变,有的也对他的改变爆发出笑声,不过,他就让那些人笑,从不放在心上,依然按照自己的方式为别人做好事。因为他已经聪明

地知道了：在这个地球上，没有什么东西是永久存在的，没有永恒不变的；没有一样东西在刚开始的时候，不是被人们笑掉牙的。于是他就想，那些人们龇牙咧嘴地笑得眯起了眼睛，总好过那些人得了怪病疼得龇牙咧嘴，两者也可以等同来看。当他这样想的时候，惹得自己也开怀大笑了起来：对他来说，这已经足够了。

  他再也没有见过那些鬼怪，不过，他完全按照当时与鬼怪们约定的规则行事，自那以后，他一直这样执行着；后来，人们常常提起他，要是世界上有哪一个人知道要好好过圣诞节的，非他莫属。但愿这句话也是送给我们大家的！祝愿我们大家都记住这句话：好好地过圣诞节！就像小小蒂姆所说的那样：上帝保佑我们！上帝保佑我们每一个人！

圣诞树

圣诞颂歌

狄更斯发表《圣诞颂歌》大获成功之后，他又写了很多有关圣诞的故事和相关的沉思录。《圣诞树》就是于1850年写的——这篇故事最初是刊登在两便士一份的《家常话周刊》上，狄更斯只是希望这篇故事能给人们的家庭带去一些消遣和幽默。随着狄更斯的短篇故事每年都在杂志上刊登，所以引来了人们的瞩目和关注——这些精彩的故事家喻户晓，无论走到哪里，你都会发现无论是老人还是小孩儿，都在大声地朗读他的作品。维多利亚时代，当时还很少有剧院和音乐会，全家人只能在家里度过漫长的寒冷冬夜。所以壁炉就变成了一个家庭的聚会地，显得非常独特而富有韵味。全家人聚集在壁炉旁边取暖、

圣诞树

谈话、唱歌、娱乐、玩流行的游戏、表演哑剧。同时，在漫长的冬日长夜，大声地朗读自己最喜欢的故事，也是每家人喜欢做的事情。

渐渐地，写一个欢快的故事的压力也让狄更斯发牢骚，最接近的截止方法正像他在故事中所说的那样："清扫圣诞节大路上的石头。"这也显然不是在暗示他于1850年写作《圣诞树》一书时的辛苦，而是激发了人们一改维多利亚时期圣诞节的热情。

一群欢快的孩子们叽叽喳喳地围在一个漂亮的德国玩具———一棵圣诞树周围，我一直在盯着他们看。那棵圣诞树被种在了一个大圆桌的中央，高高地耸立着，高过了这群孩子的头。树上的小蜡烛，散发出耀眼的光亮；整棵圣诞树都被照耀得无比辉煌，璀璨欲滴。玫瑰红色的玩偶，躲藏在青翠的树枝下面；从无数的细小枝条中，挂着一个真的手表（至少手表的指针还在转动，显示出还在指示着时间）；那里还有法式抛光漆桌子，各种椅子，各种床架，各种衣柜，为期八天的时钟，各种各样的国货家具（制作精良，装在锡罐里的东西，你只能在伍尔弗汉普顿才能看到那些东西），所有这些东西都悬挂在圣诞树的树枝之间，仿佛是某个仙女的房间一般；树丛中还有带着笑脸的小人儿，他们看起来比真人都幸福快乐——无疑，只要你打开那些小玩偶的头部，里面的糖果梅子就会露出来；圣诞树上挂上了小提琴和大鼓；还有铃鼓、图书、工具箱、绘画箱、糖果盒子、躲猫猫盒子和其他各种盒子；对年龄稍大的女孩儿来说，那些都是小玩意儿，远远比那些真的金子和珠宝要吸引她们的眼球；那里的篮子和针垫被放置在某些物品之内；上面竟然还有手枪、宝剑和广告横幅；小女巫正站在用硬纸板制作的施了魔法的吊环上，正在向人们预示着未来；还有四方陀螺、香水瓶、抹笔布、针线筐、交流卡和花束；上面还挂着仿真的水果，点缀着耀眼的金色叶子；有仿真的苹果、梨和核桃，这些都让孩子们感到无比的吃惊。总之，站在我面前的这个可爱的小姑娘，正小声地对另外一个小姑娘小声地嘀咕着什么，两个小姑娘是一对儿小闺蜜，"几乎什么都有了，甚至比我想象的还要多。"这棵圣诞树上的五颜六色的东西，让整棵树看起来像个神奇的水果，无论从哪个角度看，都那么熠熠发光——那是因为那些小饰物的钻石眼睛刚好和桌面在一个水平面上。还有几个年轻貌美的妈妈们、姑姑们和保姆们看着那些美丽的针织物，也让她们回想起了自己童年的那些美好时光；所有这些情景都让我停不住地思考这些圣诞树是怎样长出了这些东西，哪些都是在这个世上能够存在的东西，哪些东西都经过精心地装饰，才能被人们永远地牢记。

我现在独自一人又回到了家里，

圣诞树

我是这个房子里唯一醒着的人。我的思绪又不由自主地被带回到了自己的魅力无穷的童年。我开始思忖着，自己印象最为深刻的就是圣诞节期间的那棵美丽的圣诞树，那些树枝是我的游乐场所，因为孩子们经常能爬到树上，体验真实的生活。

进入房间后，径直往前走，在房间的中央位置，有一棵圣诞树，树的周围没有任何围栏，只是用约束夹子限定了树的生长自由，免得过不了多久就窜到了棚顶——我观察着这棵树，发现它的枝条都在朝着地面的方向伸展——我也在追寻着自己年幼时的圣诞回忆！

我先看到的是玩具，接着是远处的翠绿冬青和红浆果，还有一个手插在口袋里的不倒翁。那个不倒翁永远都不会倒，无论你怎样用手向着地面方向按它，它胖嘟嘟的身体都会再次起来，直到它把自己来回摇晃的身体摇到静止，用它那对儿龙虾眼睛死死地看着我——我几乎都快笑了出来，可在内心深处，却对它充满了疑惑不解之情。挨着不倒翁的是一个可恶的鼻烟壶，两者的中间有一个穿着黑斗篷的恶魔顾问，头发凌乱，嘴巴是用红布做的，大大地张着，露出血盆大口。它似乎对自己的位置忍无可忍，只是没办法才凑合着；因为过去，这个恶魔经常梦想自己能按照某种高度夸张的姿态，突然飞跃鼻烟壶上的猛犸象，这也是它小小的心愿。在恶魔的尾部竟然也没有用工匠石蜡制作的青蛙，所以尾巴光秃秃的，长长地拖着。因为没人知道他会从哪里跳出来；它会飞过蜡烛，用自己带着斑点的后背黏住某个人的手——在整个绿色背景中，你只能看到一片红——它的确很恐怖。

用硬纸板制作的女士玩偶，正穿着蓝色丝裙，站在烛台的对面跳舞，我在圣诞树的同一个纸条上竟然看到了两个一模一样的玩偶，只不过另一个看起来更温和，更美丽；另外，我还不得不说一说那个更大的纸板制作的男人形状的玩偶。它正由一根墙上的绳子拴着，来回地荡来荡去；男人玩偶露出凶恶的表情；玩偶的双腿盘绕在脖子上（它经常这样），看起来很吓人，应该是个不好相处的人物。

那个可怕的面具是何时第一次看着我的呢？是谁把它放到上面的呢？为什么在我小的时候，第一次看到面具的时候就吓得要命呢？就面具本身而言，那并不是多么可怕的，甚至可以说，面具只是看起来很滑稽，为何它冷漠的外表是如此令人感到恐怖呢？答案可能是因为躲在它背后的那一张真实的面孔。俗话说，围裙也具有同样的作用，但我宁愿自己更亲近围裙，而不是面具，因为围裙并不像面具那样完全无法令人接受。那是一个不会变脸的面具吗？应该如此，因为玩偶的脸是固定不变的，可我并不怕那个女玩偶。也可能是那种经过修饰

圣诞颂歌

的固定变化掩盖了一张真实的面孔,激发了我内心对某些细微迹象的狂热反应,惧怕宇宙的变化以及隐藏在面具后的每个面孔。我怎能做到心静如水呢?我没什么办法能够调节自己。一个大鼓上放置着一个旋转的把手,虽然没有鼓手,但却能演奏出啁啾的悲情音乐。在鼻烟壶的外面,没有一大群士兵,只有一群静默的乐队,一个接着一个地按照一定的姿势被摆放在一套呆板的惰钳之上;那里没有老女人,只有用电线和棕色报纸组合而成的物体,还在给两个小孩子切割一张水果派。长久以来,那个画面一直温暖着我。虽然面具令人不自在,但只要发现它是用纸做的,或者发现它是锁起来的,没人戴着它,你就会安心了。除此之外,我只要回忆起某张固定戴着它的脸,只是想到它曾存在过什么地方,就足足让我整晚都会噩梦连连,后背直冒冷汗了,并且还会吓得喃喃地说:"哦,我知道它要来了!哦,那个该死的面具!"

我从未怀疑过驮着肩筐的那头亲爱的老驴有什么不妥之处——它就是那个样子!就是那样被制作的!我想起来了,它的鞭子摸起来像真的一样。那个最了不起的黑马,浑身都是红色的斑点——我几乎都快要摸到那匹马了——我从未怀疑过是什么让它有了

圣诞树

那个奇怪的身份，我也从未想过这样一匹马与我在纽马克特看过的任何马有什么不同。挨着这匹马的其他四匹马没有任何颜色，后面都拉着运送奶酪的四轮马车，这些马匹都能随意地被安放或固定在钢琴下面的马厩里，那些马匹的尾巴好像是用毛皮的细丝制作的，马匹的座驾也是用同样的毛皮制作的，马腿是用木丁制作的，不过这样的马匹不会被孩子拿回家当圣诞礼物。所有的设计都那么贴切。马鞍子既没有被随意地放在马背上，也没有把整匹马都包裹上。我甚至还发现了用大羽毛和电线缠绕的、能发出叮当音乐的马车；我总在思忖是否在它的袖子里有个小不倒翁，能让它在那个木架上不停地摇来摇去，总是那么目的明确，头朝着一个方向，从不像某些犹豫不决的人那样——可见，的确是有好脾气；不过，挨着雅各的梯子是用一小块红色的方形木块儿制作的，正一块叠着一块地发出噼啪的声响，因为那个梯子是在不停地运动的，梯子的木块上面都画着不同的图案，在那个小吊钟的映衬下，显得格外醒目，真是了不起的漫画，看着这些，的确让人心情愉悦。

啊哈！洋娃娃的房子！我几乎错过了那些东西，还好，我无意中看到了。我真的不羡慕这个模仿英国国会大厦而建的房子，只不过大厦的前面的石头墙用真的大玻璃替代了，竟然还安装了门前的台阶，还有一个真的阳台——而且比我见过

的那个真的大厦的阳台还要绿，这个模型除了没有喷泉，其他地方与真的几乎一模一样。此刻，那个房子的大门突然打开了，是整个前门（我怀疑可能是被风吹开的，因为这一步骤取消了楼梯的虚构环节），只不过，门又马上关闭上了，我当时还以为是鬼使神差在作怪。当门开的那会儿，我能清楚地看到房子里面的三个独立房间：客厅、卧室和厨房。卧室里摆放着睡床和家具。厨房里有一个非常罕见的柔软火炉，各式各样的餐具——哦，甚至还有一个正在加热的锅！从侧面看去，一个用铁皮做成的厨师，正在炸两条鱼。

对于这个贵族的盛宴，我所能说的最口是心非的评价就是那套木制大浅盘的图案，每一个盘子上都画着独特的佳肴，火腿或火鸡，都粘在精美的盘子上，盘子四周还点缀着翠绿的配菜，那些绿色的植物看起来像苔藓！当我的目光越过远处的那套蓝色的瓷器时，也可能是这些天来，整个社会氛围让我产生了这样一种想要饮茶的冲动，更何况，那些瓷器确实能盛水（这些东西也让我想起了那些能盛水的木制小水桶，甚至还能品尝出器皿的味道。）我会用这种精美的器皿泡茶，制作甘露。如果小糖夹子的两条腿不能互相配合，一条腿像打洞器的手柄，另外一条腿当打洞器，那又如何呢？要是我作为一个中毒的孩子，被流行公司的那些时尚给吓到，再一次大声地叫起来，也是因为我喝了一小茶勺的热茶，而忽视了那茶水太烫了，除非你是一粒尘土，否则我一点儿也不觉得有多糟糕！

在圣诞树的其他树枝上，就是被绿色的滚筒和盆景工具压低的枝条，因为要压低树枝，可想而知，得需要多么厚重的书本了。人们最初用薄书来压低树枝，但却需要很多本书，红色的书脊掩映在绿色的枝条之间。

多么醒目又肥胖的字母开头的那个句子！"A 是弓箭手（archer），能射击青蛙。"A 当然就是他。他也是一个苹果派，他就在那儿！在他

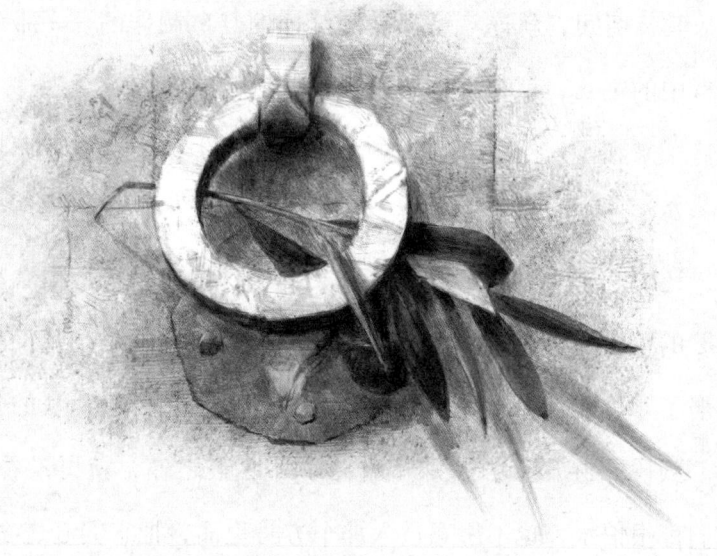

的那个年代，他能代表很多东西，他就是字母A。除了字母X之外，大多数字母都是他的朋友。因为X这个字母用在姓名中的很少，我除了知道仅有的几个姓名如赛瑟斯（Xerxes）或姗蒂柏（Xantippe）之外，就很难再想起其他的姓名了。比如Y这个字母，总是局限于游艇（Yacht）或紫杉树（YewTree）。字母Z永远容易让人记住的单词是斑马（Zebra）或小丑（Zany）。只不过，现在那棵非常好的圣诞树改变了，变成了一棵豆茎——那种能让杰克爬到巨人房子里的巨大的豆茎！而现在，正像那个有意思的童话中所说的那样，那些长着两个脑袋的巨人们，正在他们的肩膀上举办着聚会，那些跨过的大树枝变成了完美的观众，观众们正拖拽着士兵和女士们的头发回家吃饭哦！那个高贵的杰克——正挥舞着手中锋利的宝剑，他的鞋子银光闪闪！步伐敏捷！当我凝视着杰克的时候，我仿佛进入了古老的冥想境界；我一直捉摸不透，是否那里不止一个杰克（因为我不愿意相信其他可能性），或者最初只有一个令人佩服的杰克，他立下了汗马功劳。

　　圣诞节期间，就连斗篷都是用鲜艳的红色制作的——那个小红帽的故事中的主角，就把这棵圣诞树当成了她要冒险的大森林，她手里提着篮子来到了这个圣诞前夕的"大森林"中，来寻找被那只冒充外婆的大灰狼。那只可恶的大灰狼，把小红帽的外婆给吃了。似乎并没吃饱，还想吃了小红帽，为了诱骗小红帽，捂着大嘴，捏着鼻子，装成外婆的模样。"小红帽"曾是我的初恋情人，我幼时曾设想，如果我能娶了小红帽，一定是天底下最幸福的人了。可惜，我的梦想没有成真。我除了在诺亚方舟那里看到了那匹狼之外，就再没看到过狼！动物们都很怕水，也不愿意进入那个方舟里面，把它们赶进去的时候，

它们的双腿都在颤抖,在门口慌乱地逃窜,如果没被铁链拴着,它们一定会破门而出的——只不过,"那匹狼"的背后又靠着什么呢?您可以想象有一只巨大无比的飞虫,好比七星瓢虫或蝴蝶,只是比大象小那么一两个尺码——那得是多么了不起的艺术品啊!想一想那只鹅,它长着那么小的脚,几乎很难维持身体的平衡,他的身体经常朝前面倾斜,甚至会撞倒其他的动物。想一想那只诺亚方舟上的成员们,就像一个个用烟草卷做的傻乎乎的螺丝帽。再让我们看看,那只美洲豹是如何黏在了那个温暖的小手指上的;还有那些动物的大尾巴也不知是如何用那些废旧的麻绳制作的,美轮美奂,非常逼真!

嘘!快瞧啊!挨着森林那里,有人竟然爬上了树——那个人不是罗宾汉,也不是瓦伦丁,也不是黄矮星(我曾路过他的身边,那些矮胖的老太婆都没有提起他),只不过,一位东方的国王竟然没有携带一个闪闪发光的弯月刀,也没戴头巾。真主啊!有两个东方的国王,彼此看着,一个望向另一个的肩膀!在树根那里的草地上,竟然横躺着一个正在睡觉的巨人,巨人的头枕在一位女士的膝盖上;在这些人的旁边还有一个大玻璃箱子,上着四个闪闪发光的钢锁,当巨人睡觉的时候,他就把自己的囚犯锁在玻璃箱子里。我能看到在巨人的腰上挂着四把钥匙。那个女士正在树下慢慢地弯下腰,对那两位外国人比划着手势。这个画面是一千零一夜里面的场景。

哦,现在所有的事情都变得非同寻常,对我来说都好像施了魔法

圣诞树

一般。灯光五彩斑斓，所有的吊环都瞬间变成了护身符一般，散发着光彩。

普通的花瓶也变成了聚宝盆，只是在花瓶的最上面点缀着零星粉尘；阿里巴巴隐藏在树林之中；在钻石山谷中散落着一大块牛排，可能是用一块儿大石头把它固定了，否则就会被雄鹰叼去做窝了；也有可能附近来来往往的观光客经常把它们吓跑了。维齐尔儿子根据索拉的食谱还制作了各种水果馅饼，这个人被送到大马士革门口的时候，就定居了下来，后来成了著名的面点师。所有的补鞋匠都是莫斯特弗斯人（Mustaphas），这些人甚至能闭着眼睛把碎了四半的东西缝补起来。

任何一个铁环被置入洞穴的石头中，都是一场精彩的魔术，还有

那些小火苗,甚至还有妖术,都会令整个地球颤抖。不幸的日子也是来自同一棵树,因为此时的商人们正如鬼使神差一般,是他们拼命赚钱的好机会。因为所有的橄榄都进行保鲜处理,偶尔你能从负责市场的官员那里听到商人们缺斤少两的事情。所有的苹果都与那些苏丹园丁购买过的苹果一样,那也是高个子的黑奴从孩子那里偷来的苹果,并把苹果混入其中。所有的狗都被拴在了一起,真的好像会有一只狗变身为男人,你瞧它跳上了面包师的吧台,正在用爪子数着那些肮脏的钱。所有的米饭都召来了米饭,还有那个可怕的女巫,她是东方的食尸魂,她只抓取谷物,也为了自己能在墓地举办盛大的夜晚盛宴做准备。再看看我之前看过的那匹来回摇晃的小母马吧!它的鼻子完全转到了里面,正在流鼻血啊!真应该把他的脖子拴在一个木桩上啊,当那匹木马驮着波斯王子旋转的时候,我感觉自己也随之一起飘舞了,我还瞥见了王子父亲的美丽宫殿。

是的,我认出了我的圣诞树上的所有东西,我也看到了这个彩色小灯!在这个寒冷、漆黑的冬日黎明,我睡醒了。我透过玻璃窗户上的冰霜,能隐约看到外面的白雪。我听到了戴娜泽(Dinarzade)在喊:"姐姐,姐姐,你醒了吗?我还想听你没讲完的那个有关黑岛的年轻国王们的历史故事呢!"谢赫拉沙德(Scheherazade)回答说:"如果我的苏丹王能让我再活一天,我不仅能讲述出结局,而且还会再讲一些更好的故事。"于是,这个苏丹王就去下达命令,再让她活一天。我们三个都能喘口气了。

从我站着的这个地方观察这棵树,透过那些密密麻麻的树叶——能看到火鸡、布丁、馅饼以及各种碎布,还有鲁滨孙在荒岛上冒险

圣诞树

的各种混乱场景,被一群猴子围着的菲利普库阿里(PhilipQuarll)、桑福德和莫顿先生正在由巴罗先生、矮胖的松雪贞子以及一位戴着面具的先生,那位先生可能是营养不良,旁边有个助理护士日日夜夜地守护在旁——的确是比梦魇还可怕的煎熬!我真的不知道自己为什么会这么害怕——但我只知道这些东西让我眼花缭乱。我只能认出一大批不定形的东西,那些东西仿佛是安置在一个巨大惰钳上的辛苦劳作的士兵们,他们仿佛正慢慢地朝着我走来,到了一定距离后,又渐行渐远了。

这些士兵们走到最近的时候是最最糟糕的。我想起了一个与此相关的漫长冬夜,当时自己惹了祸,被家长惩罚早早上床睡觉,但只睡到半夜两点钟就醒了,我当时觉得自己好像睡了两个夜晚那么

久，满载着无望，期盼黎明的到来；内心升起一种因同情之重而产生的苦恼感。

而现在，我却看到了在一个巨大的绿色帘子之前的地上散发出来的一排排精彩的斑斑光亮。突然，一声铃铛声音响起——那真是一个神奇的铃铛声音，那种声音并不像我以前听过的任何铃铛声——而是在演奏着美妙的音乐，那音乐混杂在各种噪声之中，同时你能闻到周围的空气中飘荡着橘子皮和精油的芬芳。不久，那个神奇的铃铛音乐停止的时候，绿色的帘子也随之神奇般地卷了起来；音乐再次响起，绿色的帘子再次落下来！还有那只忠诚的蒙特戈斯（Montargis），在布迪（Bondy）森林找到了谋杀主人的那个凶犯；还有一个红鼻子的滑稽农民，他正戴着一个小小的帽子。这个人物形象让我想起了多年前的一位老朋友（我记得那个多年前见过的朋友，他曾是一家乡村客栈的服务生或者是马车夫。）还有跟随在他身后的那些狗，的确也非常生动形象；这些滑稽又生动的形象会永远留存在我的记忆之中，永远那么鲜活和逼真，随着岁月的流逝，会超过任何一个笑话，让我时常回味。现在，我正看着那个可怜的简·肖尔（Jane Shore）穿着一身白色衣服，棕色的长发垂落到腰际，饿着肚子，走在大街上；我仿佛也看到了乔治·巴恩韦尔（George Barnwell）是如何

圣诞树

杀死了那个罪有应得的叔叔,他总在自责,本应该放了叔叔,而不是杀了他。

无论什么你都可以想象的时候,是最安逸和舒心的时刻,你可以让自己随意地浮想联翩;"只是想象,别无其他。"现在,我也体验到了自己最初的那种沉闷感——人生到处都有乏味——无助感,人们活在这个世界上,一天接着一天地变得迟钝;人们总想着能让快乐的气氛永恒常驻;人们也喜欢小精灵,甚至希望自己能有一根仙子巴伯经常使用的魔法棒,也希望能有个仙女陪伴自己,长生不老。啊哈,仙女回来了,她幻化成各种形状,我目不转睛地盯着我的这棵圣诞树上的树枝,她像以往那样来来去去,不会永远和我待在一起的!

除了刚才看到的这出春意盎然的玩具戏剧之外,那里还有非常熟悉的舞台装饰部分,女士们都插着羽毛,放置在盒子里。所有的陪衬人员都用胶水固定好了,墙上张贴着水彩画,画上画着伊丽莎白和米勒以及随从们刚刚起床,或者被流放到西伯利亚。虽然在路途中出现了几次交通事故。(卡梅尔在画作中进行了几处不太妥当的处理,很多人的腿都被画得非常模糊不清,而且这些人怎么会同宿一室,可能是为了营造那种令人兴奋的氛围吧!)这也暗示了在这个花花绿绿的世界中,什么事情都有可能发生,我的圣诞树叶无所不包,远比外面的世界还要精彩。我仿佛在这里看着白天上演的真实戏剧,看到了戏剧中的黑暗、肮脏和真实性，这些用真实花朵编织而成的花环，也一样令我陶醉。

你听！那些随从人员正在演奏音乐，打断了我那如孩童般的睡梦！当我看到他们出现在我的圣诞树上的时候，我是怎么把那些意象与圣诞音乐联系到一起的呢？那些人物有的我认识，有的我则不认识，无论认识的，还是不认识的，都聚拢在我的小床周围。一位天使正在对一群田野中的牧羊人说话；几个游走的人们，正在睁大了眼睛，跟随着星星的方向前行；在马槽里的一个婴孩；一个宽大庙宇里的孩子，正在对着一些墓穴人讲话；一个长相英俊的男人正表情严肃地轻轻地用双手高举着一个女孩的尸体；还有，在靠近城门的地方，叫回来一个寡妇的儿子，把这个活着的孩子放在了棺材之上；一群人透过男孩坐着的那个露天的庙堂打量着里面的一切，一个生病的人被捆绑着，放在了床上；同样地，你还能看到他行走在暴风雨中，朝着那个摇曳的小船走去；还有，你能看到一个海岸，他正在进行演讲；还有，你

能看到一个孩子正坐在他的腿上，周围围着其他的孩子。他和盲人聊天，盲人就可以看到东西了；他和聋子说哑语，聋子就可以听到声音了；他安慰病人，病人就痊愈了；他让跛子变成了正常行走的人；他让愚昧的人变得聪

圣诞树

明；接着，他被钉在十字架上，周围聚拢着无数的武士，大地在晃动，天空无比的黑暗，你只能听到一个声音出现："宽恕他们吧！因为他们不知道自己在做什么。"

甚至，在圣诞树最底下的那些老树枝上，与圣诞节相关的部分最为明显。在节日期间，孩子不用去读学校的课本了。古罗马诗人奥维德（Ovid）和维吉尔（Virgil）也沉默无语了；三分律冷酷无礼而被大家置之不理；特伦斯（Terence）和普劳图斯（Plautus）不再演戏了，他们和无数的桌椅和窗帘一起挤在舞台上，所有的座椅都有破损的地方，或者凹凸不平，或者窗帘上被洒上了墨水；那里还有各种的板球拍子，各种树桩，各种球，左边的草地比右边的草地海拔略高些。如若你行走在那芳香馥郁的草地上，那种窸窸窣窣的声音定会在四周响起来；

圣诞树还是那么生机勃勃，还是那么快乐无穷。如果我在圣诞节期间没有回家，一定会有一群男孩儿和女孩们帮我照看这棵圣诞树；（感谢上帝！）是的，他们会那么做的！他们一定会成群结队地在我的圣诞树下跳舞，玩乐或做游戏的。我真的开心，上帝也会保佑他们的，我的心也会随着他们的舞步而荡漾开来的！

我感谢上帝，自己能在圣诞节回到了家里。我们都应该与家人团聚、我们都应该回到家里，无论你在这个节日期间度过一个短暂的假期还是一个长些的假期，都是好事儿——离开那些枯燥的学校黑板，因为我们总是不停地在上面写着枯燥的数学公式，就让我们休息一下吧！如果可能的话，去看看自己没有去过的地方；我们只要有机会，就去看看自己没去过的地方；就从我们的圣诞树开始我们的幻想之旅吧！

我们的圣诞树上的水果丰富，繁花似锦，几乎树的顶部都被装饰上了。所有的树枝都被压弯了腰。

最近我收到的玩具和彩纸都用来装点圣诞树了——至少可以打发一些无聊时光——与之相关的想象就是甜美的老华尔兹舞曲，在夜空中回荡，亘古不变！感谢圣诞节期间的美好社会思潮，仍然能让我保持一颗童真不变的心！在每一个令人欢呼的节日意象和暗示中，那些璀璨的星星可能静止在穷人的屋顶后休息，甘愿当圣诞节世界中最闪亮的星光！那个时刻静止不动了，圣诞树消失了，所有的枝条上一片空白，那里面露出了我所爱的那些人的眼睛和笑容；他们从那里分开了。不过，在遥远的地方，我看到那个死去女孩儿正在慢慢地上升，还有那个孤儿；上帝都在保佑他们！如果时光之轮可以倒转，我多么

圣诞树

希望自己能再当一回孩子,做一回充满自信又被信任的孩子!

此刻,圣诞树周围的孩子们都在唱歌、跳舞、欢呼。这棵圣诞树也无比的璀璨耀眼。孩子们是受欢迎的。我希望他们能永葆天真无邪,在圣诞树下快乐开心地成长。人生当中没有任何阴暗的影子!不过,当这棵圣诞树陷入土里的时候,我听到了树叶们的小声嘀咕:"这个,是为了纪念爱和仁慈,怜悯和同情。这个,也是我的回忆!"

补充书目

查尔斯·狄更斯（Charles Dickens）写了 15 本小说，几个戏剧，还有一些短篇小说。我在这里也建议您能尽可能地读一读他的其他著作。如下是我所罗列的他的小说书单（1837-1870），我按照这些著作出版时间的先后顺序开始罗列。

《匹克威克俱乐部的最后遗书》 （1836-1837）

这是由塞缪尔·匹克威克为主角的一群生动形象的人物们的冒险之旅。也是狄更斯的第一本小说，最初是一月一期的杂志上连载，最后成为这位著名作家的处女作。

《雾都孤儿》 （1838）

这本小说是狄更斯的第二本小说，也是用英语讲述一个孩子为主角的第一本故事。这本书讲的是孤儿奥利弗·特维斯特从老恶棍费京和邪恶的比尔·赛克斯手中逃脱的故事。狄更斯写《雾都孤儿》是在痛斥英国社会制度，当时的英国存在雇佣童工劳动，黑作坊抓儿童去劳动以及利用儿童犯罪等现象。

《少爷返乡》 (1839)

这本书暴露了约克郡学校的残忍制度。这本故事里的英雄尼古拉斯·尼克贝用了很长时间才成为了唐斯博斯赫尔（Dotheboys Hall）的一名老师，这家学校的董事会是由大恶棍瓦克弗德·斯奎尔斯（Wachkford Squeers）掌控着。

《老古玩店》 (1841)

这个故事是关于一个名叫小尼尔的。她和祖父一起住在一个奇怪的商店里。

《巴纳比·拉奇》 (1841)

这本书暴露了伦敦纽盖特监狱（NewgatePrison）和1780年戈登暴乱的残忍内幕。故事的主人公巴纳比·拉奇试图找回自己丢失的那些名声。

《圣诞节之书》 (1843-1845)

这本书收集了狄更斯的有关圣诞节的回忆。包括《圣诞颂歌》《鸣钟》《灶台边的蟋蟀》《圣诞树》等。

《马丁·朱淑尔威特的生活和冒险》 (1843-1844)

这本是狄更斯的喜剧杰作。人物特点丰富，甘普太太和她的虚构朋友哈里斯太太，见证了马丁·朱淑尔威特从年少到年老的磨难和道德重建的过程。

《董贝父子》 (1846-1848)

这是一本比喻自豪的堕落的故事。保罗·董贝把自己的希望全寄托在了儿子身上，并希望儿子能继承自己的庞大家业，而忽视了忠诚的女儿弗罗伦丝。当董贝倾家荡产的时候，却是女儿挽救了他。

《大卫·科波菲尔》 (1849-1850)

"我是否应该成为自己生命的主宰，还是让别人来主宰我，这些篇章都必须展示。"这句话是狄更斯在自传中所说的话。这个故事讲述大卫如何从一个工厂的学徒变成为作家的。

《荒凉山庄》 (1852-1853)

这本书主要描述了维多利亚时代体制的荒谬和无知的穷人的悲惨境遇的。

《艰难时世》 (1854)

在这个金钱至上的社会中，顽强不屈的主人公托马斯·葛擂耿学会了记录自己的信仰之书"坚定自己的信仰、充满希望和仁慈"。

《小杜丽》 (1855-1857)

小杜丽出生在马歇尔西监狱,长大后与同样在监狱中长大的亚瑟·克朗曼结婚。狄更斯的父亲曾在那家监狱里记账。

《远大前程》 (1861)

这本书可能是狄更斯最伟大的小说了。这本小说讲述的是孤儿皮普在遇到了逃犯郝薇香小姐和美丽的艾斯特拉小姐后,自己的人生发生了重大的改变。

《共同的朋友》 (1864-1865)

这本书是狄更斯的封笔之作。讽刺了暴发户约翰·哈蒙为了获得遗产而甩了自己的准新娘,投入了有钱人的怀抱。

《艾德温·德鲁德之谜》 (1870)

狄更斯受到当时流行的悬疑小说的影响,本来也想写一本这样的悬疑小说,但在1870年去世的时候,还没写完。